刘慧卿 ○ 著

# 青春资本论
## QING CHUN ZI BEN LUN

中国友谊出版公司

**图书在版编目（ＣＩＰ）数据**

青春资本论 / 刘慧卿著. -- 北京 : 中国友谊出版
公司, 2017.3
　　ISBN 978-7-5057-3998-7

　　Ⅰ.①青… Ⅱ.①刘… Ⅲ.①长篇小说 – 中国 – 当代
Ⅳ.①I247.5

中国版本图书馆 CIP 数据核字（2017）第 057750 号

| | |
|---|---|
| **书名** | 青春资本论 |
| **著者** | 刘慧卿 |
| **出版** | 中国友谊出版公司 |
| **发行** | 中国友谊出版公司 |
| **经销** | 新华书店 |
| **印刷** | 北京高岭印刷有限公司 |
| **规格** | 710×1000毫米　32开 |
| | 9.5印张　150千字 |
| **版次** | 2017年4月第1版 |
| **印次** | 2017年4月第1次印刷 |
| **书号** | ISBN 978-7-5057-3998-7 |
| **定价** | 36.00元 |
| **地址** | 北京市朝阳区西坝河南里17号楼 |
| **邮编** | 100028 |
| **电话** | （010）64668676 |

# 前　言

在读这本书之前，我想先跟大家讨论一下姚雪儿的原型。姚雪儿是一位"革命的资本论女孩"，一位"互联网乱世的英雄"，她身上到底有多少人的影子呢？我需要列出一个长长的名单，在这个名单的前列，赫然是："奶茶妹妹"章泽天、马佳佳、邓文迪、田朴珺、罗玉凤、芙蓉姐姐等等。一方面，姚雪儿与她们中的一些人在形象与智力上接近，另一方面，姚雪儿和她们中的一些人在意志上相似，都可以称为"女性身份革命者"。

姚雪儿——很不幸，你们也许不太愿意看到——是天生的"资本家"：她是少女作家，被称为"女韩寒"，又是大学学霸，即使一学期都在逃课也能妥妥地拿一等奖学金——结果人家不屑于拿，让给女屌丝张美姣了。可怕的不仅于此，张美姣骂姚雪儿："心机密过蜂窝，意志胜过江姐"，姚雪儿是一个智商与见识远超同龄人的奇女孩。

她当真冰雪聪明，桀骜不驯。自称为"钓大鱼"，寻求高尔夫球场兼职机会、借钱也坐头等舱……更故意当众自爆加入富豪相亲俱乐部、做网络女主播等事，震惊学校师生。一个天使般面容的小女生，却天天拿马克思的《资本论》说事儿：资本来到世间，从头到脚，都滴着血和肮脏的东西。

　　她是少女作家，也是网红高手，做直播，开网店，做高端家教，写网络小说……从来大胆做自己，从不解释，忽一日震撼众人：同学患白血病，她一下捐出 5 万元！此外，她还偷偷帮室友弟弟痛扁霸凌同学；同学邵杰楼顶要"自杀"，是她端半杯水上楼劝说下来……

　　最后，这位"青春的资本家"在大学成功创业。整个宇宙已经无法阻挡姚雪儿"王侯将相，宁有种乎"的"资本运作式身份革命"了！最近几年，整个中国社会的大热话题：社会阶层固化；寒门再难出贵子。姚雪儿就是要解决这个问题的。

　　然而，忽然她转身又消失。一个寒假，她自编、自导、自演，竟然拍出一部网络大电影《青春资本论》，只因为她的父亲喜爱电影……

　　纵观姚雪儿，她如一个浪子横冲直撞，将这互联网时代、娱乐时代、资本时代的三大时代特征演绎得淋漓尽致，然而，背后又是什么原因让她如此努力，奋争，不管不顾，不计代价？

　　……

　　姚雪儿父亲才华横溢，却一生卑屈。从胎教就开始为女儿读西方哲学。姚雪儿最得真传的是马克思主义的"资本论"。"资本的原始积累，都是血淋淋的"是她最经典的话语。

姚雪儿将"资本论"诠释得酣畅淋漓：我的资本就是我的身体、我的脸、我的智商，还有我一腔的不甘心！我不但不会逆来顺受，还要逆流而上，翻转，颠覆，革命！不管你是谁，想对我树立标准，用你们的"道德""裹脚主义"来束缚我们，都 Go to the hell！

然而，在最后，成功时刻，面对相爱相虐的男友章家琦，这位原来看似没有任何道德底线的"革命资本论"女孩忽然热泪崩溃：她的父亲骨癌晚期，恐怕再也无法分享她未来的许多胜利喜悦……

在所有的资本清单上，生命是最宝贵的。

然而这个资本如何运作，只有一个词可以形容，那就是永远都来不及，来不及……

# 目　录
## c o n t e n t s

第一章　姚雪儿 / 001

第二章　你招的是童养媳吗？/ 008

第三章　大学第一课 / 013

第四章　背影 / 019

第五章　初遇苏禾 / 025

第六章　高贵的曾妈妈 / 032

第七章　语出惊人 / 039

第八章　远离姚雪儿 / 045

第九章　大学里的穷孩子张美姣 / 051

第十章　相亲 / 057

第十一章　受辱的姚雪儿／062

第十二章　她们眼中的姚雪儿／069

第十三章　幕后老板／075

第十四章　球童／083

第十五章　遭拒／089

第十六章　女不强大，天不容／095

第十七章　一年之后／102

第十八章　再次提醒／107

第十九章　邻居／114

第二十章　弟弟，姐姐／120

第二十一章　"黑道女"出头／126

第二十二章　深藏不露／135

第二十三章　同处一室 / 142

第二十四章　较量 / 148

第二十五章　两个重要的男人 / 156

第二十六章　绝杀 / 164

第二十七章　直播 / 171

第二十八章　借钱 / 180

第二十九章　绝望的告白 / 187

第三十章　职场的无奈 / 194

第三十一章　英雄救美 / 200

第三十二章　校园噩闻 / 206

第三十三章　雨过天晴 / 213

第三十四章　另类教育 / 220

第三十五章　真相 / 225

第三十六章　走上楼顶的男孩 / 231

第三十七章　转变 / 240

第三十八章　机会 / 246

第三十九章　秘密筹备 / 253

第四十章　青春资本家 / 260

第四十一章　任性女人，带刺玫瑰 / 269

第四十二章　欢乐的爱与悲凄的爱 / 279

后　记 / 290

# 第一章　姚雪儿

大学新生入校第一天，女生宿舍，一只手，将一本《资本论》悄悄地放在了床头……

"嘿，这就是接下来四年我要待的地方呢。"姚雪儿仰头望着 XX 大学的大字，嘴角微微上挑，在天使般的脸庞上勾勒出一个很好看的弧度。披肩的散发，浅色短袖，淡蓝色牛仔裤，白色帆布鞋，头上一顶带有三个小银环的白色鸭舌帽，脚下踩着一辆白色电动平衡车，由内而外散发出一股青春的气息，犹如正午的阳光般耀眼。

新生报到处早已人头攒动。除了前来报到的新生，一些高年级的男生们也早早来到这里，抱着近水楼台先得月的心思，前来物色目标，准备在第一时间大献殷勤。

出众的姚雪儿无疑成了不少男生的焦点，可是她什么也没有带，只背了一个小小的双肩包，男生们无处下手，却也穷追不舍，一路上没完没了地跟她介绍学校，可是直到女生宿舍门口，姚雪儿也没有正眼瞧过他们一眼。

"不好意思，这是女生宿舍，而且我们并不熟。"姚雪儿走上女生宿舍楼没几步，却又转身对着几名还在发愣的男生继续说道："这就是你们的青春吗？这般肆意地挥霍，浪费青春的资本，你们不觉得可耻吗？"说完，转身上楼而去。

"我去！"男生甲一脸不爽地说道："不就是长得漂亮点吗，嚣张个屁啊！"

"靠！嚣张怎么了？人家这脸蛋有的是嚣张的资本，要不你叫个恐龙来试试？"男生乙翻着白眼，撇嘴道："看我不一巴掌扇到太平洋去！"

一旁，男生丙兴致勃勃地道："嘻嘻，我就欣赏这种既漂亮又高冷的女生，嘿，十足的女王范，我喜欢！"

"喊，又是一个自以为是的女人。"这一切，都被隐形的富二代章家琦看在眼里，他撇了撇嘴，转向身旁的助理，问道："资料准备好了吗？"

"为了社团招新的事，学生会各部门都绞尽脑汁连夜赶制方案，现在所有的资料都在这里了。"学生会主席助理殷切地答道。

"哼。"章家琦看了看他手中一叠厚厚的资料，不屑地撇了撇嘴，嘟囔了句："真难为他们了，就这些老套路还绞尽脑汁连夜赶制。"

说着，章家琦接过助理手中的资料随手丢进一旁的垃圾桶，然后从口袋里拿出整齐的文件递给助理，继续道："让他们按照我这份方案去做。"

"明白。"助理点头应道。

校门口，大一新生还在陆续地报到着，各个社团的成员，也已在学校各个显眼处，或摆出宣传牌，或是拉着定制的横幅，殷切地招揽新成员。

不远处，两个网瘾少年邵杰和王乐正一边走着，一边讨论游戏如何升级之类的话题，却因擦肩而过的姚雪儿而止住了脚步。只见姚雪儿一袭白裙，驾驶白色单柄电动滑板车在校园的林荫道上飘然而过。如墨的长发在风中飘扬，带着洗发水清甜的味道。

邵杰看得出神，他从来没有见过这么美丽率性的女生，他觉得姚雪儿完全符合自己对女生的幻想，他终于找到了心目中的女神。

姚雪儿不经意回首，看到两个痴呆的少年，莞尔一笑。邵杰的心，几乎要跳到嗓子眼，他激动得说不出话。这时，回过神来的王乐，拿出了他从电影桥段里学来的追女孩子的拙劣手段，他朝姚雪儿吹了一声响哨。

"你说，她会不会是我们班的同学？"邵杰问王乐道。

"就算是同班同学，估计你也泡不到。"王乐一眼就看出了邵杰的心事。

"谁说要泡她啦，我只是……"邵杰一副欲言又止的样子。

"只是什么啊只是，不是你的终究不是你的，你呀，别想着癞蛤蟆吃天鹅肉啦！看看就好，看看就好。"王乐中肯地说道。

邵杰和王乐真是网瘾少年，他们俩从新生报到的时候，由一款手游认识。从那开始就一直滔滔不绝地讨论着游戏。这刚没说几句，他们又开始讨论哪位大神装备多，哪位大神直播打怪才是真材实料。

初入大学，懵懂的少年少女都充满了期待，却浑然不知人们口中的"一毕业就失业"是怎样的无奈。

可是现在，他们都只是满怀期待，任谁都无法预料各自将来所要面对的无奈。

女生宿舍楼1320房间的门敞开着，几个女生正在整理行李和床铺。其中的一个下铺床位是姚雪儿的，被子整齐，床头还放着几本关于"资本论"一类的书。

"笃笃笃——"有人在敲门。瞬间，一大班人簇拥在女生 1320 房间门口，首先映入眼帘的是学生会主席、校草章家琦。章家琦热情地打招呼："同学们好！贾校长和学院领导来看望大家了！"

"家琦哥哥！"听到章家琦富有磁性的嗓音，曾馨扭过头，喜出望外地跑向她的"家琦哥哥"，张开双臂索要一个拥抱。

章家琦急忙避开，"馨馨，贾校长来看你！"

贾校长向一屋子新生寒暄问好，鼓励大家好好学习，然后看着个子高挑、衣着鲜丽的曾馨，向曾馨伸出手来。

"你是曾馨同学吧？"贾校长习惯性地跟曾馨热情握手，"昨天我刚跟你父亲通过电话，今天下午，你母亲也给我打了电话，你父母都很关心你！"

"好的，谢谢您。"可爱俏皮的曾馨显得有些难为情。

女生宿舍 1320 房间满满的都是人，徐兰兰和张美姣被挤到角落，徐兰兰瞪着大眼睛看着曾馨。而张美姣的眼里只有章家琦，自从章家琦进门的那一刻，她的眼睛就都落在章家琦身上。英俊高大的章家琦，像是一道闪电，击碎了她自诩的"男子汉气概"，也激发了她内心深处的少女情窦。张美姣真希望时光永远停留在这一刻，让自己能这么远远地而又幸福地欣赏着章家琦的笑容。

"同学，请问 1320 房间怎么走？"两个司机模样的中年男子在走廊里遇到姚雪儿。

姚雪儿止住欢快的脚步，面无表情地看了看他们说："跟我来吧。"

"到了。"姚雪儿有些不耐烦地说。

屋子里，贾校长正热情地对曾馨说道："曾馨，你在咱们学校要好好学习，有什么事情可以直接来找我，也可以打电话联系我，知道吗？"

姚雪儿款款站立在自己靠门边的床前，拿起放在自己床头的书，冷冷地问："谁动我的床了吗？"

一屋子人扭过头来。

"声明一下，以后谁也不准动我的床，尤其不能动我的这本——《资本论》。"姚雪儿大声说道。

这时，大家的眼睛都齐刷刷地看着姚雪儿。

"你就是那个——姚雪儿吧？"其中一个学院领导问完姚雪儿后，转头向贾校长介绍说："校长，这就是我们院自主招生来的那位少女作家，中学出版三本小说的'女韩寒'——姚雪儿。"

姚雪儿面无表情地看着众人，语气平淡地说道："我只是姚雪儿，不是'女韩寒'，而且，我现在已经很不喜欢韩寒了。"

张美姣吃惊地跟徐兰兰对望。

热闹的气氛一下子变得尴尬起来。

姚雪儿的手机铃声拯救了这个尴尬的场面。

"喂，爸，"姚雪儿旁若无人地说，"我已经回学校了，在宿舍呢。"姚雪儿向电话那头的父亲撒娇，"爸你就放心吧，你女儿我一个人都在北京呆俩月了，我跟你说啊，我准备去那个'富豪相亲俱乐部'注册会员呢……"

"砰"的一声，门被重重地甩上，姚雪儿扬长而去。

屋内，众人瞠目结舌。

"她刚才说什么？"张美姣心中诧异，跟在场的大多数人一样，怀疑是不是自己听错了。

"嘿，有点意思。"章家琦嘴角微挑，露出一抹笑意，顿时对这位个性十足的女生产生了浓厚的兴趣。


熙熙攘攘的人群中，你和她不期而遇，你闻到咻咻的野兽气息，和你身上的一样。

他们两个，都是狂妄的人，奇特，不平庸，从不掩饰自己的锋芒。

## 第二章　你招的是童养媳吗？

**姚雪儿：资本的产生就是一种从无到有的变革……**

凤吟轩，一家绝对称得上高端大气上档次的豪华会所。姚雪儿站在门前，望着气派非凡的大门，她的脸上没有憧憬，只有漠视。她语气坚定地自语道："资本的产生就是一种从无到有的变革，总有一天，我也会拥有像这样，甚至比这更气派的大厦！"

姚雪儿走进会所，映入眼帘的是奢华到炫目的会所大厅，紧接着便看到一群艳丽窈窕的青年女子，排着长长的队伍在等候着。

"嗒嗒嗒嗒……"姚雪儿踩着恨天高，一袭白裙，背一个学生书包，向队伍的最前方走去，犹如一道不一样的风景，从一众艳丽窈窕的青年女子身旁掠过。

这一刻，在场所有女子都齐刷刷地看向姚雪儿。随着姚雪儿的每一步踏出，众女子看姚雪儿的眼神从最开始的羡慕、狐疑，到最后，她们近乎憎恶地看着肌肤如雪的姚雪儿!

然而主角姚雪儿却是不以为意，径直走到队伍的最前方，向会所的工作人员说道："我昨天跟会长打过电话了，她说我到了可以直接进去。"

"请稍等，我需要跟会长确认一下。"工作人员很有礼貌，脸上始终带着甜甜的笑容，显然受过专业的训练。

"好的。"姚雪儿报以微笑，天使般的脸庞上犹如绽放出一朵绚丽的花朵，让人不自觉地陶醉其中，即便是女人也忍不住多看几眼。

不一会，工作人员确认完毕，走出柜台向姚雪儿说道："不好意思让你久等了，会长让我带你过去。"说话的同时还不忘做出"请"的手势。

"谢谢。"姚雪儿点头，再次报以微笑，跟着工作人员向电梯的方向走去。

这是一个人人平等的社会，但并不代表人与人之间都处在相同的等级上。姚雪儿乐意对会所的工作人员报以微笑，是因为对方与自己处在相同的地位，相同的层次——

都是普通人。但姚雪儿却不会给那些所谓的领导和有钱人好脸色，不是因为他们有权，也不是他们有钱，而是他们有权、有钱后那种趾高气扬和居高临下的态度让姚雪儿觉得恶心。

有权也好，有钱也罢，都不应该因此而轻视草根！所以……要逆袭，要靠自己的头脑、自己的能力、自己的青春、自己的美貌，去成为一个有钱人，一个从社会底层的草根走向社会高端的人，一个有资本的人！而这里，便是姚雪儿将要踏出的第一步，也将是重要的一步！

从电梯中走出，姚雪儿在工作人员的引导下走到一间宽敞的会所包间。包间内，坐着一名浓妆艳抹的中年漂亮女子，左右两名像是经理打扮的工作人员，笔挺地坐在面试的长桌后面。

"会长，您要的人带来了。"前台工作人员简要地汇报后，自觉离去。

被称作会长的中年女子看了眼姚雪儿，眼前一亮，漂亮的脸庞上露出一抹淡淡的微笑，语气却平淡地说："请坐。"

姚雪儿点头不语，走到中年女子对面翩然落座。

会长目光流转，先是从上到下，然后从下到上，将姚雪儿来回审视了个遍，许久，方才点了点头，赞赏道："嗯，难得，本人比照片还好看，白，腰身婀娜又挺拔，眼睛也亮，满满的灵气，整个人都难得的干净，看着也是冰雪聪明——叫'雪儿'？证件带齐了吗？"

"齐了，今天上午拿到的学生证。"姚雪儿不卑不亢地回应道，取出放在书包内的身份证和学生证，起身走到长桌前放到会长面前。

会长拿起证件，仔细地看了一遍确认无误后，先是将证件交给身边的工作人员拿去复印，这才将视线再次回到姚雪儿身上，面露悦色地说："还有六个月才满18岁，但是没问题。"

姚雪儿不语，只是静静地坐着。她并不担心对方会因为自己的态度不够谦卑而拒绝自己，相反，若是对方稍有这方面的趋势，她就会立刻起身离开。

很快，证件复印完毕，会长将证件放回桌上的同时，再一次将姚雪儿从上到下审视了一遍，忍不住点头赞赏道："嗯，很好，特别好，我们工作人员会第一时间给你打电话。"

"好的。"姚雪儿语气平淡地应了声，同时站起身，走到桌面上拿回证件，转身便打算离去。

"哦，对了，我们这里有一项特殊要求。"就在这时，会长的声音再次响起，不同于之前，这一次的语气有些怪异，在说话的同时还不忘再次打量姚雪儿的身体，继续道："还是处女，确定没问题吧？！"

闻言，姚雪儿脸色一变，一股怒意顿时从心头升起，回过头，明亮的眼眸中寒光闪烁，语气嘲讽地问道："会长，您是在招童养媳吗？"

说完，姚雪儿甩开包间的房门，头也不回地离去。即便她很清楚，为了自己的目标，她不应该这么做，但她还是这么做了。机会固然要把握，但底线不能破！

"可恶！什么狗屁特殊要求，难道处女的价值都已经沦落到这个地步了吗？！"姚雪儿心中一阵狂骂，紧接着却又是自嘲地轻笑，嘲讽道："这就是理想主义和现实主义矛盾的案例之一吧，哼，说什么男女平等，狗屁！"

"还是先去找房子吧，主播室可一直是我主要的顾客来源呢。"姚雪儿嘟囔着，拿出手机打开支付宝，便进入滴滴打车的页面，确定有司机接单后，姚雪儿将手机放回包里，鸭蛋般的脸庞上露出一抹靓丽的笑容，自语道："不愧是网络时代呢，听人说，早两年打个出租车都经常要等半个小时，短短两年时间，滴滴打车就成了打车行业的霸主。正所谓时势造英雄，作为这一时代的变革者，我的胜利也终将会在这场网络乱世中诞生！"

# 第三章　大学第一课

**姚雪儿：我会关闭你们的朋友圈……因为我不想浪费我的时间。**

凯瑞大酒店，四楼，402 号房，房间环境雅致，装修豪华，家电一应俱全，相比当下遍地的中低端快捷酒店，这里显然要高大上了太多，当然，在价位上也高了不少，着实让平日里借钱都要坐头等舱的姚雪儿肉疼了一把，但付款时姚雪儿却是眉头都没皱一下。

用姚雪儿的话说，对于一个随时准备好"钓大鱼"的女生来说，多进高档场所绝对是有必要的。千万不要指望自己能在路边摊或是小旅社遇到大富豪，那都是电影和电视剧里才会出现的桥段。

"真的要快点找房间了呢，花费这么大的代价做一场直播，简直是心肝痛啊。"姚雪儿嘟囔着，先是挂好今天要换的几套衣服，然后坐在电脑前，熟练地打开一个直播平台。

直播一如既往的火暴，一条条由表情和文字组成的评论迅速在屏幕上滑过。姚雪儿选择性地挑出一些较为有意思的评论进行回复，对于一些内容龌龊的留言则是直接无视。

"今天就到这儿吧，明天可是大学生涯的第一堂课呢，还是收敛点好。"姚雪儿看了下时间，凌晨两点。


众所周知，大学对于一部分人而言是学海新的起点，但对于绝大多数人而言，则是学生生涯的终点。

大学教室内，此刻人头攒动。大学的第一堂课，学霸也好，学渣也罢，无论是出于何种目的，绝大多数的学生都不会选择在这个具有历史意义的时间点上翘课或是迟到，但姚雪儿显然不在此列。

作为室友，当曾馨与徐兰兰在发现那个性格怪异的美女室友一夜未归后，来到教室的第一件事便是四下寻找她的踪影。

此时正是上课时间，一名身穿西装，鼻梁上架着眼镜的中年女教师走上讲台，礼貌性地与同学们问好并做了简单的自我介绍后，便对着讲台上的名单开始每堂课必做的第一件事——学生点名。

"邹凯旋！"

"到！"

"徐兰兰！"

"到！"

"张美姣！"

"到！"

"姚雪儿！"

……

教室内顿时陷入短暂的沉默。

推了推鼻梁上的眼镜框，老师再一次提高声音叫道："姚雪儿！"

"老师，姚雪儿请假！"曾馨与徐兰兰几乎异口同声地应道。

"开学第一堂课就请假？"老师皱了皱眉头，语气中隐隐有些不快。毕竟是开学第一堂课，此时就请假的学生，无论以后学习多么优秀，都不会受老师待见的。

察觉到老师的脸色有异，曾馨眼珠一转，急忙补充道："她——肚子疼！"

"噢——"老师长长地噢了声，脸上瞬间露出恍然大悟的表情。作为过来人，女生那点事，她自然是再清楚不过了。

"报告!"可就在这时,一个不合时宜的声音在教室门口响起,顿时将所有人的目光吸引了过去。

"你是?"很显然,老师的语气并不是很友善,开学第一堂课,有人因为某些问题请假就算了,现在居然还有人迟到?这是不是太不尊重老师了?

"报告老师,我是姚雪儿!"姚雪儿中气十足地应道。

教室内几乎所有人的目光都集中在姚雪儿一人身上,目光各异,有幸灾乐祸的,有吃惊的,也有为她担心的,甚至在角落处正在玩着手游的邵杰都猛地抬起头,一脸激动地看着姚雪儿。

当然,也有例外,之前被点到名的邹凯旋就扭过头看着曾馨偷笑。

"你就是——姚雪儿?"老师有些狐疑地上下打量了一番,心想:不像是肚子疼啊?但嘴上却是说道:"进来吧,以后不要迟到了!"

姚雪儿面无表情地走进教室,似乎方才老师的目光让她很不爽。径直走到教室的最后面,姚雪儿瞟了眼一脸老实的邵杰,便不管不问,在邵杰身边的空位坐下。

刹那间,邵杰的呼吸有些急促,脸蛋犹如关公附体般瞬间变得通红。当发现身旁的王乐正有些嫉妒地看着自己时，邵杰更是拘谨地低下头，显得有些局促不安。

张美姣撇了撇嘴，不知为何，每次看到姚雪儿，张美姣的心里总会有一丝莫名的不忿，这种感觉就像网瘾少年被逼断网一样，说不上哪里难受，但就是不舒服。

倒是曾馨，见邹凯旋正一脸坏笑地盯着自己，立刻反击性地对邹凯旋做了一个大大的鬼脸。邹凯旋故作害怕，像是被抓住尾巴的猫一般差点叫出声来，逗得曾馨强忍着笑意直接趴在桌上。

曾馨最爱笑了。

课间，曾馨和徐兰兰跑到教室最后面找她们的舍友姚雪儿。

"姚雪儿！你害得我们好苦。"曾馨一副自来熟的样子，上来便向姚雪儿抱怨。

姚雪儿挑了挑眉毛，看了曾馨一眼，虽然对曾馨的抱怨感到莫名其妙，但却懒得刨根问底，人家是豪门千金，爱怎么着就怎么着吧，只要别妨碍自己就好。

一旁，徐兰兰拿出手机，一脸真诚地说道："姚雪儿我加你微信吧，以后你要来不了，我帮你请假。"

闻言，姚雪儿嘴角一挑，露出一抹淡淡的微笑，应道："没事，不要麻烦了，我这学期只会来三次，这一次，期中考试，期末考试。我已经让邵杰每次帮我喊'到'了！"

"哈哈哈！"姚雪儿一说完，曾馨立刻发出一阵大笑，笑得那般真实，那般花枝招展，典型温室中长大的一个无忧无虑的美少女。笑完后，她还不忘纠正道："拜托！邵杰是男生好不好，声音不对！"

顿时，邵杰的脸又红了，本就拉耷的脑袋此刻埋得更低了。

"那我们也加一下微信吧，要不你总不在宿舍，有事怎么联系！"相比性格活泼的曾馨，徐兰兰显然要更细心一些。

努了努嘴，姚雪儿先是思考片刻，这才点了点头应道："也好，不过，我会关闭你们的朋友圈。"

"为什么？"曾馨和徐兰兰异口同声地诧异道，心想：难不成姚雪儿是得了微商恐惧症？

"因为我不想浪费我的时间。"姚雪儿想都不想便应道，似乎这就是理所当然一般。

"啊？"曾馨与徐兰兰面面相觑，一时间无言以对。

"嗡嗡嗡！"一声震动声响起，姚雪儿掏出手机，看看号码，也不管曾馨和徐兰兰是否还有话说，自顾自地从座位上站起身，便向教室外走去。

见状，曾馨冲徐兰兰吐舌头，调皮地说道："嘻嘻，这姚雪儿有点意思呀。"

## 第四章　背影

**姚雪儿：过我自己的生活，追逐我自己想要的，没必要向旁人去解释！**

走廊处，姚雪儿拿着电话放在耳边，听着对方说话，"嗯……嗯……好的……你发给我定位吧！"

走廊的另一边，王乐正打算回教室，见姚雪儿一人站在走廊，急忙整了整衣襟，捋了捋刘海，双手插着兜，走到姚雪儿近前，并露出一个自认为帅气的笑容，对姚雪儿搭讪道："姚雪儿同学，我叫王乐，我有个学习上的问题……"

没等王乐说完，姚雪儿直接转身回到教室，对于像王乐这样的同学，姚雪儿不想浪费半分表情，没必要！

下课铃声响起的刹那，姚雪儿已经整理好书包，讲台上老师都还没来得及将"再见"两个字说完的时间，姚雪儿已经背起书包向教室外跑去。

教室内，一众师生傻眼！有这么急吗？这怎么也是大学第一堂课，难道不应该给大家留下些许"谦让"的印象吗？

走廊上，徐兰兰抱着手中的课本，痴痴地看着姚雪儿渐行渐远的背影，苦恼地说道："真是个怪人，难道天才都这么怪吗？"

闻言，张美姣也顺着徐兰兰眼神的方向看去，见姚雪儿火急火燎的样子，却是白眼一翻，愤愤不平地说道："拽什么拽！"

"好奇怪，她怎么可以整天这么忙，连课也不上，学生不是应该以学业为重吗？"

徐兰兰一脸的诧异，姚雪儿明明和自己在同一个寝室，同一个教室，却像是两个世界的人一般，让自己难以捉摸。

"哼！忙着和富豪相亲呗！像她这种打着大学生名头做绿茶婊工作的，电影里不是经常有吗？"说完，张美姣又是嘴角一撇，愤愤不平地说道："只是没想到我的大学里居然也会遇到这样的舍友，倒八辈子霉了。"

"别这么着嘛。"一旁曾馨伸手抱着张美姣，犹如邻家小妹妹一般将脑袋靠在张美姣的肩膀上，脸上挂着甜甜的微笑，说道："我倒是觉得姚雪儿挺可爱的，嘻嘻。"

"可爱？可爱才可怕呢，那说明她有干坏事的资本！美貌胜似貂蝉，心机密过蜂窝，意志胜过江姐。"

"她是真的挺美的。"徐兰兰有些羡慕地道。

闻言，张美姣拍了拍徐兰兰的肩膀，不忿道："干什么？你嫉妒她？就因为她狂妄？有什么好嫉妒？我们没资本吗？！我们也可以争，也可以抢，也可以不要脸——青春是她的资本，也是我们的！只是，我们不会让自己的青春这么浪费而已！"

"嘻嘻！"曾馨甜甜地笑了笑，将张美姣抱得更紧了，笑嘻嘻地道："美姣，我好喜欢你这么直率！"


一路小跑，姚雪儿自然不知道自己的三个室友此时正在对自己议论纷纷，可即便知道了又如何？姚雪儿不会去解释，更不会去辩驳什么。因为姚雪儿很清楚自己需要什么，为什么而活。用姚雪儿自己的话来说：资本的原始积累，都是血淋淋的！想要成功就必须要付出，就必然会有伤害，区别在于有些人选择伤害别人，有的人选择伤害自己。

"康欣路，199号，就是这里。"姚雪儿轻车熟路地走到一栋出租公寓，楼房有点旧，外墙的阳台栏杆跟空调显示它有一段历史了。一楼是小吃店、打字社、水果店，二楼以上的楼层就出租，房间内自带卫生间，空调、热水器、床、衣柜等一应俱全，虽然谈不上精装修，但勉强能达到拎包入住的基本条件。重点是离学校近，房租也不太贵，一月的房租还没达到昨夜在酒店一半的房钱。

姚雪儿和别的大一新生不一样，她胆子够大。刚拿到高考分数填报完高考志愿，一般考生一定会在家痴痴地等待录取通知书，可是姚雪儿，七月初就收拾行囊，来到这所学校，在旁边租下了房子，提前近两个月开始了她的大学生涯。

一开始，姚雪儿就给自己在校园外找好了一个小窝。

姚雪儿从公寓拖了一个行李箱回到学校寝室，把刚发的新书以及所有资料悉数扔进去，至于学校统一配的被褥行李，就放着吧，偶尔需要回来住一次。这个时间点正好寝室内没人，姚雪儿很庆幸，这倒省了一些麻烦，虽然也没什么好麻烦的，但姚雪儿可以肯定，若是那位曾馨在的话，她一定会啰哩啰嗦地问个不停，特别是那个徐兰兰，总是柔柔弱弱的乖孩子的样子，虽然麻烦了点，但却是真心实意地为人着想。像这样的女生，即便是姚雪儿也不忍心老是拒绝她，虽然她真的很烦。

不巧的是，就在姚雪儿刚拉好箱子准备离开时，门外，张美姣正好回来，见姚雪儿已经收拾好日常用品，张美姣很是鄙夷地瞟了姚雪儿一眼，冷笑一声，语气有些嘲讽地说道："看来进展得很顺利啊，恭喜你了。"

姚雪儿嘴角微微上挑，勾勒出一个很好看的弧度，走过张美姣身旁时，淡淡地看了她一眼，没有任何言语，款款而去。

过自己的生活，追逐自己想要的，没必要向旁人解释！不是姚雪儿不会，而是不想！

看着姚雪儿离开的背影，张美姣心中顿时升起一股怒意，她不懂！同样是草根出身，她有什么可骄傲的？凭什么？就因为她出过三本书？还是她比自己漂亮，又或是——她比自己不要脸？

张美姣越想越生气，在她的认知中，做了那些勾当的女生不应该感到惭愧吗？凭什么在我面前骄傲？凭什么老是给我留下一个背影？

"下贱！"张美姣愤愤不平，深吸了口气，继续道："总有一天我会凭自己的努力让你知道什么是真正的骄傲，让你看到女人不用这种方式也同样可以拥有自己想要的一切！"同时，张美姣的心中也打定了主意，下一次，一定要在姚雪儿面前还她一个甩头就走的背影。

张美姣的这一番话，姚雪儿自然没有听到。可即便姚雪儿听到了，也不会去解释什么，辩驳什么。

革命开始的时候，误解是必然存在的！对于励志要在网络乱世中成就一番霸业的姚雪儿来说，这点误解根本不算什么。早年，淘宝刚一面世不就被扣上传销的帽子吗？可现在淘宝为中国创造了一位新的首富！

对于那些妄下评论和制造非议者，最有利的反击不是掐得你死我活，更不是争得面红耳赤，而是用你的成功，狠狠地一嘴巴子抽回去！

# 第五章　初遇苏禾

**姚雪儿：爸，你要坚持住，要等我！一定要等我！**

就在姚雪儿离开寝室的同时，曾馨跑到男生宿舍楼找章家琦，不料却在宿舍楼下撞上自己班里的一群男同学。

曾馨掉头便想走，却不料邹凯旋眼尖，一眼便看到了曾馨。邹凯旋此刻正抱着篮球，一脸笑意道："哎，曾馨！你不是来找我们的吧？"

曾馨回头，看见邹凯旋、王乐、邵杰，一个个咧着嘴，笑得要多灿烂有多灿烂。

既然撞上了，曾馨倒也不避讳，笑嘻嘻地说道："哦，你们打篮球？记得叫上我啊！还有，你们敢不敢跟大二的章家琦打？他大一的时候是篮球队队长，我就是来找他的！"

闻言，邹凯旋一怔，想都不想便应道："好啊，接受挑战！下午4点半，篮球场，怎么样？"

一旁，王乐咧着嘴，一脸坏笑道："为了照顾他，你参加我们队，怎么样？"

"嘻嘻！"曾馨掩嘴轻笑，一脸欣喜道："好呀！"

正所谓笑者无心，见者有意。见曾馨这般欣喜的模样，王乐瞬间自信心膨胀，早上在姚雪儿那儿碰了一鼻子灰的负面情绪一扫而空，转而将目标锁定曾馨。

下午四点半，比赛如期开始，由于有章家琦这位明星级人物出场，篮球场周边，早已人头攒动。当然，绝大多数的女生和男生都在帮章家琦呐喊助威。

"哦，天哪，那就是校草章家琦，哇噻，还是学生会主席哎，哎哎，还是搏击俱乐部主席！好有型啊！真的是太帅了哇！我要参加搏击俱乐部，呜呜……"一名女生如花痴般，眼神早已锁定章家琦，生怕漏掉哪怕一个细节。

然而，这还是相对矜持的。

一些较为奔放的女生则是直接高声呐喊："我爱你，校草！我爱你，章家琦！"

当然，有关注帅哥的，自然也有关注美女的。曾馨作为赛场上的唯一一名女选手，自然吸引了绝大多数男生的注意。

"那个高个子女孩是谁？球打得不错！新校花吗？"一名男生双手抱胸，一脸惊喜地说道。

"嘘！扭头，右后 60 度角！45 度角！另一位新校花！驾到！"显然，这位男生的眼尖程度比邹凯旋绝对是有过之而无不及。

众人一齐侧目。

此时，姚雪儿背着书包，骑着单柄滑板车，刚好从球场边飘然而过。

"哦，她就是那个去富豪相亲俱乐部的姚雪儿，还'女韩寒'呢！"

不得不说，这世上传播得最快的绝对不是好人好事，而是八卦绯闻，这一点，在校园尤为明显。

"哦，那么不要脸吗？！难怪她穿得那么好。"这名女生的语气中显然有些嫉妒的成分。

更有甚者，一名大三的男生已经开始打她主意了，一脸认真地道："不会吧，好像奶茶妹妹、天仙妹妹啊，不知道泡她要花多少……"

这边的骚动自然也引起了赛场众人的注意，看见是姚雪儿，场上众人表情各异。王乐像痞子一样对姚雪儿吹了口哨，邵杰则是先激动后冲动，激动是看到姚雪儿，冲动是想揍王乐。当然，邵杰的想法从来只是想一想，不会真的实施的。倒是曾馨不管不顾地敲了一下王乐的肩头，敲完还不忘教训一句"敢对自己班的女生吹口哨，看我们不削你！"

至于邹凯旋，不用说，他的目光自然只会停留在曾馨身上，即便是姚雪儿都不能让他转移视线。

章家琦淡淡地看了姚雪儿一眼，面无表情，只是简单地看了一眼，只是这一眼看的比较久。

姚雪儿冷冷的目光掠过所有人，掠过球场上的他们，飘飘地远去。

球场上那些议论声，自然也都传到了姚雪儿的耳中，但显然，她选择了无视。

回到出租房内，姚雪儿躺在床上，胸前，一本厚厚的《资本论》捧在手中。

"大学四年的生活，真的要开始了！"姚雪儿看着天花板，一脸沉思的模样，边抚摸着《资本论》，边想着自己的计划，想着想着，姚雪儿的眼眶泛起一阵红晕，泪水溢出了眼眶。

"爸，你要坚持住，要等我！一定要等我！"姚雪儿呢喃着，泪水顺着脸颊流到枕头上。

不，姚雪儿不想哭，因为姚雪儿从小就知道，哭，解决不了任何问题，可是现在，只是恨眼泪在不听话地往外流。


一阵琴声从窗外传来，琴声优美而宁静，令人沉醉，令人着迷。

姚雪儿擦拭掉眼眶的泪水，顺着钢琴声走向窗外，走出阳台。只见在斜对面阳台的落地窗内，一名同样身穿白色连衣长裙的女生正恬静地坐在钢琴前，修长如玉琢般的手指在琴键上欢快优雅地跳跃，一阵阵美妙的音符随着她手指的跳动从琴键上传出。

姚雪儿没有打扰她，只是捧着《资本论》静静地听着，眼眸微闭着，将听觉放大至极致，细细地感受。

一曲终了，姚雪儿慢慢睁开眼眸，像是依然在回味。女生站起身来，转过身，两人四目相对，相视一笑。

"你好，我叫苏禾。"

那女生不仅琴弹得好，声音也很好听，犹如缓缓流动的泉水一般，给人一种另类的宁静。

"你好，姚雪儿。"姚雪儿说道。

这个黄昏，两个陌生的女孩如同多年的好友，他们两个隔着阳台相望，聊了好久。

苏禾告诉姚雪儿说，她是一名刚离校不久的音乐系毕业生，目前正做着两份兼职，白天教小朋友学钢琴，晚上则到夜店驻唱。

姚雪儿两眼大亮："哦，你会唱歌？好嫉妒你，我好恨自己五音不全，唱歌可以宣泄，又可以表达自我！"

苏禾说："我还嫉妒你呢！我从小就想写自己的童话故事，长大想写一部自己的小说，可是最长的，也就勉强一千字！"

姚雪儿笑了："人就是这样的，都是羡慕别人拥有的一切！"她看着苏禾，"夜店唱歌，我以前都是在电影中看到，一定也会——有很多不容易吧？"

苏禾看着她，也笑了："哪天你去听我唱歌吧。"

苏禾说，等她赚够了钱，她一定要去美国学音乐。

这同样是一个有着明确目标并为之奋斗、付出所有的女生。

在苏禾的身上，姚雪儿仿佛看到了自己的影子。

当她们聊到夜色都降临的时候，姚雪儿望着对面阳台苏禾隽秀的脸，心中忽然感激自己租了这个公寓可以与苏禾相遇。

一个奋斗的灵魂，因为满腔热血想要分享，所以有时候才会倍感孤独。

"我再为你弹一曲吧。"苏禾轻笑着，返身回屋，坐回钢琴前。

同样是心思缜密的女生，苏禾自然不会留意不到姚

雪儿泛红的眼眶。

美妙、安静的音符再次响起。

姚雪儿端来一把椅子，坐在阳台上细细地听着。

## 第六章　高贵的曾妈妈

**姚雪儿：我要做杀入互联网乱世中的一匹黑马，一个从互联网乱世中厮杀而出的枭雄！**

接下来的日子，姚雪儿几乎进入闭关模式，白天写稿，晚上做直播。偶有空隙也都是苏禾正好在家又不上课的时候，两人坐在阳台上，吃零食、听音乐、聊人生、聊现实、聊理想。也就是在这段时间，苏禾认识到一个不一样的姚雪儿，一个成天将资本论挂在嘴边，一个心智完全与现实年龄不符的姚雪儿。

用苏禾的话说：我已经沦为姚雪儿"青春资本论"的信徒！

几年之后，苏禾的一个音乐发布会上，一位知名娱乐记者问苏禾关于理想的问题时，苏禾回答：理想实现的过程其实就是一场革命，而革命是需要资本的——资本的原始积累，是血淋淋的。

说完，苏禾恍惚一下，笑了：她是在重述姚雪儿的话呀！

接下来一个月，姚雪儿又认识到了另外两位邻居，一位是美家房产区域经理谭小月，另一位是"金融街民工"高琳琳。

和苏禾一样，这两个比姚雪儿年长的职场女性，不久也成为姚雪儿"资本论"的信徒。

所以，谭小月，一个可以让人耳目一新的房产经理，本来很朴实，很上进，很温和，浑身"千足金"的正能量，认识姚雪儿几天后，在部门培训会议上就是下面这种文风了：

"青春是每个人的资本，也是最大的财富！如何运营好自己的资本是我们所有人必修的课程，可以是一份爱情、一个梦想，也可以是一份事业，但千万不能是一份后悔，因为青春，它经不起挥霍，不能好好经营自己的青春，就是在浪费自己的资本！"

下面更年轻的员工们看着她，听着忽然如此文艺的训导词，都偷偷地笑。

但谭小月带的团队，不但销售业绩好，而且每年都能做到客户零投诉，每年年终的总部表彰大会，一定会有她们名列三甲。

至于"金融街民工"工作狂高琳琳，姚雪儿总觉得自己看不懂她，有时感觉她很简单，就是一根筋——钱，赚更多的钱，比自己和苏禾还要简单。但有时又觉得她很复杂，尤其在高琳琳听着苏禾的歌声，双眼忽然呈现出一种再迷茫不过的眼神时。

别误会，高琳琳一共也就过来听过苏禾唱了一次歌。高琳琳才没时间呢，她天天加班，白天黑夜、从来没有周末地加班，无数个 BP、PPT、客户统计表、数据分析表、调查统计、发展曲线……永远都在写无穷无尽的文案，永远都在陪上司吃饭……

那一天，姚雪儿正好奇地看着高琳琳忽然迷茫的眼神，高琳琳却忽然回过头来，盯着姚雪儿的脸。

高琳琳忽然问："雪儿——"

姚雪儿："啊？"

高琳琳："你毕业了一定要来我们投资公司，你这小脑袋，一个刚上大一的小姑娘，竟然复杂到可以装得下这么多的逻辑，你未来一定可以做到投资界的大牛。"

姚雪儿乐了。

高琳琳跳起来，"我得回去了，还要写方案！"

苏禾回过头来，"咦，天天口中念叨几个亿几十个亿的人，为什么要跟我们住在这破楼里？"

谭小月一脸真诚地说："虽然他们天天做大案子，但是一样是打工的哦，赚不到多少钱！再说——"谭小月扭头看看关死的门，"高琳琳他们家里，好像比较困难的。"

苏禾笑了："说得我想起来《欢乐颂》里的樊胜美！"

姚雪儿也笑着。

笑则是笑矣。谁不懂困窘中的人的笑呢……

姚雪儿与这三个每天匆忙奔波于都市之间的女孩做了好朋友，在她心里，这三个人属于不同的朋友等级：苏禾虽然完全没有姚雪儿的理念，但是她的歌声与对理想的执念使姚雪儿感觉与自己息息相通；谭小月温和、朴实，热情，像一个姐姐一样；高琳琳飘忽来去，虽然她听起来贵为金融街金领，但姚雪儿每次看到她，不知为什么心中总隐隐有一股怜悯之意。

谭小月也回自己房间去了。只剩姚雪儿手中举着苏禾给她的半杯葡萄酒，发呆。

苏禾："今天不直播了？"

姚雪儿笑一下，"我每周也要歇一天，神说，不能工作七日。"

苏禾看着姚雪儿："在想什么？"

姚雪儿仍然盯着杯里摇摇的红色液体，幽幽说道："这个东西真特么难喝！"

苏禾笑了。

姚雪儿："但是大家都假装它很好喝。"

苏禾坐到姚雪儿身边，看她半日，问：

"你每天做这么多事情，小丫头！用你的话来说，现在是互联网的乱世，那你，是要做一个乱世中的英雄吗？"

闻言，姚雪儿脸上闪过一抹笑意，轻笑道："为什么要做英雄呢，我要做杀入互联网乱世中的一匹黑马，一个从互联网乱世中厮杀而出的枭雄！"

上个周末，正窝在家赶稿的姚雪儿突然接到一个电话，是富豪相亲俱乐部打来的，她的第一次相亲，要开始了。

闻言，姚雪儿精神一怔，紧接着思绪全无，看看时间，想着学校里的人应该不多，打算回学校一趟去寝室拿点东西。倒不是姚雪儿逃避什么或是惧怕什么，而是纯粹不想与那些正肆无忌惮挥霍青春的同龄人有过多的接触而已。

女生宿舍楼下，一辆豪华的商务车停在楼下，车上一名身穿西装的司机正聚精会神地打量着进出宿舍楼的妹子。

"喊，又是哪位含着金汤勺出生的千金，家里来人了么？"姚雪儿有些鄙夷地皱了皱眉头，心中鄙夷道：这些温室的千金，要是哪天没了这个金汤勺，又会比我们这些草根屌丝好多少呢，或许连屌丝都不如吧。

1320 寝室内，曾馨正欢喜雀跃地抱着何清漪，可劲儿地撒娇，死不撒手。

"这孩子，都多大了，当着大学同学，也这样撒娇！"何清漪笑骂道，脸上却满满都是幸福的神色。

闻言，曾馨迅速从何清漪身上离开，却是伸手拉住张美姣，说道："美姣！我要宰我妈妈请客！大家都得来！还有——"说到这时，一阵悦耳的铃声伴着震动声响起，曾馨边掏出手机边继续道："哎，等等，我接电话，家琦哥哥的——哎，家琦哥哥，我妈妈来了，晚上吃饭，还有我们寝室好姐妹，你也必须来啊！"

就在这时，姚雪儿走进寝室，先是看到一屋子人，紧接着，看到何清漪，略微愣一愣，马上明白过来这是曾馨的母亲，而且下面那辆豪华商务车必是随这个女人而来的。

见到姚雪儿回来，曾馨上前热情地一把搂住姚雪儿，开心地道："雪儿，哎，雪儿，sister！我妈请吃饭哦，正好咱们寝室趴一下，我不管，你一定得来哦！"

见状，何清漪无奈苦笑道："嗨，瞧这孩子。"

当下，曾馨也不管姚雪儿同不同意，笑嘻嘻地对何清漪说道："哎，妈，家琦哥哥说来！兰兰、美姣，帮我叫上邹凯旋王乐他们，哎，妈，你们是开商务车来的吗？那好，家琦哥哥负责邹凯旋王乐和邵杰……"

曾馨的妈妈么？

姚雪儿看着活泼快乐的曾馨，眼光闪动，脸上露出一抹一闪即逝的微笑。

## 第七章　语出惊人

　　一家高档的日本料理店，曾馨熟门熟路地来到早就预订好的最大包间。包间的装修高档优雅，雪亮的灯光，闪耀的餐具，精致的饭食，一切都闪耀着奇异的光芒。

　　这让几个从未吃过日式料理的孩子感觉到有些尴尬，一个个看着食物发呆，却无从下手。好在曾馨的性格热情活泼，乐于照顾所有人，把满屋子的气氛搅得火热。

　　"哎，雪儿，我坐过来照顾他们！"说话间，曾馨便与姚雪儿调换了位置，开始忙活起来。

　　"兰兰，你芥末是不是有点多——哦，哈哈哈，你真辣到啦，有没有爽到？！美姣你觉得这种寿司好吃吗，哦，带薯心的，还有起司酱，我猜你就喜欢甜食！来，这盘给你！邵杰你也爱吃这个'秋天的童话'？好啊，我们加两盘怎么样？不过邵杰你也尝一尝这种，'国贸商圈'，浇一点巧克力酱的，配的是烤鳗鱼，好吃。还有，哎，邹凯旋王乐，家琦哥哥，你们男生要喝清酒的？你们打球没决一胜负，要不要今晚拼啤酒？！咱们要啤酒——拼嘛——"

经过曾馨这一番带动，几个拘谨的孩子也渐渐放开，恢复无拘无束的个性。

章家琦看着不停忙活的曾馨笑了，什么时候这个小丫头居然也学会照顾人了？

偶尔章家琦抬起眼睛，正看见坐在他对面的姚雪儿。

这女生一副从容自若的样子，嗯，那不是曾出入这种高档场所的关系，那是因为……

因为什么呢？

章家琦忍不住又打量姚雪儿几眼。

一旁，依旧年轻、美艳的何清漪则尽显长辈风范，一直微笑地看着女儿，尽显贵妇人般的优雅。见大家都开始放下拘谨，何清漪端起高脚杯，说道："来，我敬你们大家一杯，你们一看都是好孩子，以后馨馨有你们大家帮忙照顾，我就放心了。还有——"她扭头看着章家琦，"家琦，馨馨是一定要报考你这所学校。"何清漪语气顿了顿，继续道，"你要帮我们照顾好她，这孩子太单纯，怎么都长不大，什么都不懂的！"

"阿姨放心。"章家琦端起高脚杯应道。

邹凯旋看了看曾馨，又看了看章家琦，并不言语。

一旁，王乐一口咽下刚塞进嘴里的生鱼片，端起高脚杯，接话道："阿姨，你放心！曾馨太可爱了，想不照顾她都不行啊！"

见状，张美姣、徐兰兰等也都端起高脚杯，笑着道："放心吧阿姨，曾馨人缘最好啦，现在还是新校花呢！"

说到校花，邵杰抬起头，飞快地瞥了姚雪儿一眼。虽然知道自己配不上，但邵杰就是喜欢看姚雪儿，哪怕只是偷偷看一眼也行。

曾馨嘴角一撇，打趣道："我什么校花——"说到这时，曾馨扭头看着姚雪儿，笑道："雪儿才是真正的校花呢，而且人家还是个才女！"

"我压力好大，班里两个校花……"徐兰兰故作垂头丧气状。

说到姚雪儿，王乐似乎突然想到了什么一般，"哎，姚雪儿！听说你中学就出了三本小说，什么时候给我们拜读一下呗。"

闻言，姚雪儿抬了抬眼皮，嘴角一挑，微笑道："不用吧，我的书，很阴暗的。"

闻言，王乐有些尴尬地撇了撇嘴，满桌子人一时无语。

章家琦看着姚雪儿。

一旁，何清漪将章家琦的眼神尽收眼底，微微一笑，道："家琦，馨馨说学生会要开会，时间快到了吧？你要不先走吧！"

"哦，对了，家琦哥哥你先走，一会我们车坐不下就叫车好了。"曾馨急忙说道。

"好。"章家琦应了声，但眼神却依然停留在对面的姚雪儿身上。

似是感觉到气氛有些不对，姚雪儿拿了张纸巾擦了擦嘴，起身说道："哦，阿姨，曾馨，对不起，我要先走了，我一会儿要做直播。"

"直播？什么直播？"曾馨看着姚雪儿，有些诧异地说道："怎么突然又冒出个直播？没听你说过啊！"

"就是——网络直播。"姚雪儿直接说道。对姚雪儿而言，这似乎没什么好隐瞒的。

一旁，王乐差点让一块寿司给噎着，一脸震惊地问道："你是说，你还做——网络女主播？"

"嗯，是的。"姚雪儿语气平淡，丝毫不将众人怪异的眼神放在心上。

包间内顿时陷入冷场，一屋子人都像看怪物般看着姚雪儿。

倒是曾馨最先救场，对着姚雪儿嫣然一笑，说道：

"哦,雪儿,那你坐家琦哥哥的车和他一起走。"

"嗯,谢谢盛情款待。"姚雪儿语气平淡地说道,转身便向包间外走去。


章家琦开车,姚雪儿坐在后座,一句话不说,手里拿着一本书,一会儿低头看一眼,好像在背什么似的。车内的气氛很怪异。

章家琦看着后视镜中姚雪儿的脸,一张纯净如天使的脸蛋,似乎隐藏着一个魔鬼,却又有一种诡秘的吸引力,让人忍不住想去探究,想去了解她心里在想些什么。

章家琦终于忍不住开口打破沉默,语气故作平淡地问道:"你故意告诉大家参加富豪相亲俱乐部,故意告诉大家做网络女主播,你是,要故意惊世骇俗吗?"

沉默片刻,姚雪儿缓缓抬起头,瞟了章家琦一眼,反问道:"有吗?怎么了?难道有什么方式能更快地赚钱和出名吗?"

章家琦无言,从后视镜审视姚雪儿半日,最终还是忍不住问道:"你为什么总是一副跟大家有仇的样子?"

姚雪儿扭头看向窗外,沉默许久后,幽幽地说道:"你不觉得遮遮掩掩或是废话连篇都是在浪费生命这种不可再生的资本吗?"

闻言,章家琦有些茫然,他很难说清自己的感觉,一方面，他鄙视这个女孩，可另一方面，又深深地被她吸引，吸引他的不是她可人的脸，而可能是——她心中的恶魔。

因此，他无法隐藏对她的一种仇视。

这女孩对所有人丝毫不掩饰的、近乎敌意的冷漠，使章家琦心中不禁有些懊恼。片刻后，章家琦抬头从后视镜里想看看姚雪儿，却碰巧迎上了姚雪儿冷冷瞥向前的目光，这让章家琦忽然有一丝紧张，眼神有些躲闪。

这下，一向无比高傲的章家琦真的有点懊恼了。

## 第八章　远离姚雪儿

**姚雪儿：异类又如何呢？试问，哪一位最初的革命者在普罗大众眼中不是异类的存在？**

宿舍楼下，曾馨一脸不舍地抱着何清漪，脸在她的脖子上使劲儿地蹭，众人背后，曾馨语气就放肆地娇嗲起来："哎妈妈你真要走？我怎么忽然不舍了！"

见女儿这般模样，何清漪摇头苦笑，拍着曾馨的肩膀，叮嘱道："馨馨，叮嘱你两件事，第一，大学里同学之间，家庭背景差距很大的，留意你的微信朋友圈，之前万一发过家里的什么照片，一会回去就立刻全删了。一定留意，不要谈家里的事情，尤其不要谈你爸，如果有人问到，就说爸爸是普通公务员，家里有一点钱都是我开一个小公司赚的。这一点，我对你倒是很放心。"

虽然平日娇嗲了些，但对于正经的事情曾馨还是分得清的，她抬起头，一本正经道："好的，妈妈，我懂的，比如刚才我们那个男同学王乐，他朋友圈每次发演出票、机票、车牌照什么的，张美姣徐兰兰就不舒服的，我懂的。"

"你懂一部分，还有更复杂的，你慢慢体会吧。"说话间，何清漪伸手摸了摸曾馨的脑袋，脸上尽显溺爱的神情。

"第二件事情呢？"曾馨仰着头问道。

何清漪叹了口气，无奈道："馨馨，你太任性，为了家琦放弃去美国，这也就算了，我不计较。可是，要是哪天你发现你的家琦哥哥并不属于你，你怎么办？"

闻言，曾馨甜甜一笑，又是将何清漪抱得紧紧的，小脑袋蹭着何清漪的脖子撒娇道："妈妈，你瞎说什么！我就是把家琦哥哥当哥哥，我只是他小妹妹好不好！"

闻言，何清漪又是一阵苦笑，伸手推开曾馨，刮了下她的鼻子，宠溺道："你就长不大！"说话间，何清漪转身上车，突然，又像是想到了什么一般，转过身来对曾馨说道："还有，你好像很喜欢你那个同学姚雪儿，我警告你，跟她保持距离。你自己想清楚，要真的喜欢家琦，就多在一起，但也不要在她面前太放低自己，女孩子，得珍惜自己。"

以后记住，不要再让姚雪儿跟章家琦见面了。”

“为什么啊？我觉得雪儿挺好的啊，难道妈妈你是因为她做女主播吗？妈妈你别想歪了，雪儿虽然个性比较怪异，但绝对不是你想的那样，雪儿不是坏女孩。”曾馨一脸认真地说着。

“唉，傻孩子，妈妈不介意她做什么。只是……”何清漪顿了顿，皱了皱眉头，却又说道：“以后你会明白的，反正你听妈妈的，跟她保持距离，知道吗？”


送走何清漪，曾馨一路蹦蹦跳跳，一脸欢快地回到寝室。此时，宿舍早已过了熄灯的时间。

曾馨蹑手蹑脚地回到寝室，躺在床上。

“馨馨，阿姨走了吗？”张美姣问道。

“嗯，妈妈回去了。”曾馨答道，接着说：“你们怎么还没睡呀，晚上的料理好吃吗？”

“好吃是好吃。”徐兰兰应道，并喃喃自语道：“就是吃得太多了，好撑啊。我从没吃过生鱼片，刚吃还害怕，结果吃了这么多。”

闻言，曾馨咧了咧嘴轻笑，说道：“嘻嘻，下次有机会带你们去吃韩国料理哟。”

“嗯，嗯，好的，好的。”徐兰兰连连应道，紧接着一阵鼾声传来。

"哇！大神啊，美姣，你听徐兰兰——"曾馨犹如看到国宝一般，心中对徐兰兰说睡就睡的功夫，简直顶礼膜拜。

"呵呵。"张美姣轻笑，揶揄道："她也是天才，想几秒内睡着就几秒内睡着，要不怎么是学霸呢！"

"嘻嘻。"曾馨笑了笑，随即打了个哈欠，说道："哎哟，我今天说话太多，累，一会儿就睡了！"

"嗯。"张美姣应了声，片刻后，鼓足了勇气叫道："曾馨——"

"哎？"曾馨一脸茫然，显然不知道张美姣突然叫自己是为何。

张美姣想了想，还是忍不住说："我跟你说，你不要跟姚雪儿走那么近，还是要小心她一些。"

"为什么？"曾馨心中一凛，今天这是怎么了？妈妈前脚刚要自己跟姚雪儿保持距离，这会儿张美姣又叫自己不要跟姚雪儿走那么近？

"也没什么……就是，感觉她跟我们不是一类人。哎呀好困，我也睡了。"张美姣含糊不清地说道。

是这样吗？怎么回事？难道自己错过了什么？

对于妈妈和张美姣的这种隐晦且善意的提醒，曾馨满腹疑问。

不过，你若目睹像曾馨这样的女孩长大的全程，你就知道她的词典中不可能有"敌人"或者"坏人"这样的概念。她是那种典型的被保护过度的、智商很高情商很低的女孩，所以，刹那的烟雾一闪而过，不一会儿，曾馨也沉沉睡去。


深夜，搏击俱乐部内，章家琦一个人在拳击台上狂打着沙袋，汗水如雨般顺着额头和背脊流下，但即便如此，章家琦的拳头还是不停地挥出，一拳比一拳快，一拳比一拳更有力。他脑子里似乎总是徘徊着一个挥之不去的身影，他想把她赶出去……

出租房内，姚雪儿接连换了几套衣服，在直播间内忙得不可开交。直到凌晨两点，才结束了一天的忙碌。

卫生间里，姚雪儿仰着头，任由热水唰唰地冲洗着自己的脸庞，浓妆一点一点在热水的冲刷下褪去。

"你故意告诉大家参加富豪相亲俱乐部，故意告诉大家做网络女主播，你是，要故意惊世骇俗吗？"

没由来的，姚雪儿突然想起章家琦问自己的这句话。姚雪儿微微一愣神，随后嘴角微微挑起，勾勒出一个很好看的弧度。

"惊世骇俗么？"姚雪儿淡淡自语，"幼稚！"

想必在他们眼里，自己就是个怪物吧！

想到此处，姚雪儿心中对那些富家公子小姐的反感再次提升。也对！跟他们相比，自己本身就是个异类！一个看得比他们更远、明白得比他们更早、更知道自己需要什么、接下来要做什么的异类！

异类又如何呢？试问，哪一位最初的革命者在普罗大众眼中不是种异类的存在？

资本的原始积累是血淋淋的！

枭雄成长的过程是孤独的！

既然已经决定了要在这个互联网乱世中杀出一片属于自己的天地，那就必须要有所付出，有所取舍！正所谓能人所不能者，方能成人所不能之事！

## 第九章　大学里的穷孩子张美姣

因为何清漪的关系，导致昨日姚雪儿白跑一趟。今天是周日，一大早的，姚雪儿早早起床，一番洗漱后换上一套白 T，淡蓝色休闲运动裤，乌黑的长发在后脑勺处扎成一束马尾，顿时一改往日小清新，摇身一变，成了精神抖擞的运动美少女。

走进校园已经八点，校园内，人头稀稀落落混迹在各个角落。姚雪儿径直向女生宿舍走去，却在经过教学楼的时候碰巧遇见曾馨、张美姣和徐兰兰。曾馨昨晚似乎睡得不大好，一副睡眼惺忪的模样，几乎是被徐兰兰拉着走。张美姣手里则是抱着一叠传单跟在两人身后。

"哎，姚雪儿，今天是周末哦，你怎么来了？"

也不知是碰巧，还是曾馨对姚雪儿有种特殊的关心，三个人里面，居然是半睡半醒的曾馨第一个发现姚雪儿。

"回来拿点东西。"姚雪儿淡淡地说。

姚雪儿早习惯了曾馨这种自来熟的热情。

说完，姚雪儿不再停留，继续往宿舍楼方向走去。可就在她与三人擦肩而过的瞬间，姚雪儿莫名感到一股仇视的目光。顺着目光传来的方向看去，只见张美姣正对自己翻着大白眼，眼神中蕴含着不甘与愤懑。似是发现姚雪儿也在看着自己，张美姣冷冷哼了一声，抱着传单快步向一个教室走去。

"她干什么？"姚雪儿心中诧异，自己什么时候招惹这个张美姣了？而且，还这么苦大仇深的？

"美姣啊，她去做兼职呢。"曾馨看到姚雪儿的表情，体贴地说，"我跟你说，美姣她可厉害了，她家是农村的，你知道吗？她真厉害，周一到周五在学校勤工俭学，为了多赚钱，一个人做了四五份。"

"是么？"姚雪儿回头，恍惚间有些动容。

"是啊，我感觉美姣好励志，任何兼职机会都不放弃。她说她父亲一直打工，现在身体不好，她自己靠助学金生活，可是她还有一个弟弟要上学，所以基本上，现在家里都是在靠她兼职赚钱，我好敬佩她！"曾馨一脸真诚地说道。

"噢——"姚雪儿应了声。

可是姚雪儿心里在说：毅力不错，可惜，穷人家的孩子，眼光过于局限……这就是所谓的悲哀吧。

可是无论曾馨表现得多么真诚，依旧让姚雪儿有些不悦，心中更是冷笑连连：呵呵，这种拼，自然不是你一个豪门千金能够想象得出来的！你一个月的零花钱就够人家拼死拼活几个月的收入了吧？你身上背着的包包多少钱可敢告诉张美姣吗？

"馨馨，这么早！"

曾馨抬头，正看见章家琦一脸微笑向这边走来，眼神不经意地看了姚雪儿一眼，随即对曾馨说道："早餐吃过了吗，要不要一起？我听说二号宿舍楼下新开了家咖啡厅，里面的甜品很不错噢。"

"好呀，好呀！"曾馨顿时眼前一亮，并拉着徐兰兰道："兰兰也还没吃呢，一起吧。"

"好啊。"章家琦点了点头，随即看向姚雪儿。

曾馨马上喊道："姚雪儿，你应该也没吃吧，一起吧，人多热闹！"

姚雪儿眉毛微挑，故意躲开章家琦的目光，语气冷淡地说道："不用了，我不喜欢在无谓的事情上浪费时间，更何况，对于早餐，我更喜欢煎饼油条。"

说完，姚雪儿自顾自离去。

不知为什么，对曾馨，姚雪儿或许还会保留几分客气，但现在章家琦站在面前，姚雪儿就格外地想表现出对他的"仇视"。

"家琦哥哥，你别介意，雪儿就是这样，说话一直都是这么有性格。"说完，曾馨伸手钩住章家琦的胳膊，笑嘻嘻道："怎么样，我们家雪儿可爱吧？"

"可爱么？"章家琦伸手摸了摸鼻尖，嘴角微微挑起，不置可否地笑。

他一边走，一边瞥一眼远处姚雪儿的背影，心想：这样一个女孩，怕是可恨更多一些吧。


公寓内，阳台上，姚雪儿端着咖啡，沐浴在阳光下，一脸的惬意。在她对面的房间里，苏禾正捧着一杯茉莉花茶，坐在钢琴前教一个小女孩弹钢琴，再过去，高琳琳同样端着咖啡沐浴在阳光下。至于谭小月，一个倡导青春就是女人最宝贵的资本的她，自然不会白白浪费这么一个大好时光。

"雪儿，我承认我很佩服你的胆量，但是我现在更想知道，你的学业真的没问题吗？你是不是也太不管学校的课啦？"

高琳琳边享受这日光浴，边说着，俨然是一副过来人的语气。

"那些课啊？"姚雪儿悠悠地笑，"倒是没关系啦，我早就把这一学期的书都看得差不多了，学校的课节奏太慢啦，一般我都是只要在考试时前临时抱抱佛脚就可以。"姚雪儿说道，语气中满满的自信，仿佛考试对她而言就跟玩一个小游戏一般。

谭小月不禁感叹："雪儿你真的太聪明了！想想我大学四年从没有敢旷过一节课！"

"小月姐——"姚雪儿忽然看着谭小月出了神。

"啊？"

姚雪儿忽然说："小月姐，要不，你们郊区便宜的房子，推荐给我一间。"

"啊？"谭小月和高琳琳齐声惊叹，"雪儿，你才大一，就要买房？"

高琳琳说："雪儿，原来你是富二代！"

"去！"姚雪儿皱紧眉头，"我不是直播啊什么的吗，最近赚了一点点钱，我也想投资的。琳琳姐你这金融街金领，小月姐你这黑心房地产销售高层，不要取笑我！"

高琳琳过来抱住姚雪儿肩膀，惊叹："雪儿，真的吗？直播能赚那么多钱？你快教教我，我也要直播！"

姚雪儿正要说话，苏禾下了课走过来。

"哎呀，看见你们好像热闹半天了，赶紧加入你们！怎么，你们几个大忙人，有空聚在一起！"

姚雪儿笑道："苏禾姐，正要找你呢，这段时间有没有什么有趣的事情啊？听说夜场的夜生活很丰富吧，哪天我一定跟着你去感受一下。"

"丰富吗？"苏禾微微一笑，淡然道："都是千篇一律呢，与其说丰富，不如说惊吓更多一些。在那种鱼龙混杂的地方，谁也不知道下一分钟会发生什么。时间久了，见的多了，也就习以为常了。"

"不过，要是你们来，尤其是什么时候小月大姐和琳姐这两位都有空的时候，你们三个一起来，大家一起happy！"苏禾笑道。

几个女孩的笑声穿过了门缝，正传到从门前路过的张美姣的耳朵里。

这样的笑声在张美姣听来非常遥远。第一，她觉得只有姚雪儿这样一个"不像学生"的女孩才可以跟这些社会女孩打得火热；第二，的确，那几个社会女孩的灯红酒绿的生活离她真的太远太远。

住在楼道角落的张美姣知道，她和姚雪儿一样，在某些场景，自己是注定要孤独的。

# 第十章　相亲

**姚雪儿：俱乐部说你资产一个亿，你没有造假吧！**

一家不对外开放的高端会所。姚雪儿一身连衣白裙，鼻梁上架着一副大框的棕色墨镜，施施然地走下出租车，狐疑地望着会所的大门。

"花园，会所，呵，有钱人还真会享受。"姚雪儿嘴角微挑，笑了笑。

走进会所，姚雪儿径直来到一个已经开好的包厢。在姚雪儿的对面，一个衣冠楚楚的中年男人用一种满意的眼光看着她。

中年男人打量了姚雪儿片刻后，主动打开话题，露出一个自认为有魅力的微笑，说道："姚小姐？你好年轻哦，听说——嗯，你还是——"他看着姚雪儿警觉的脸，把"处女"两个字吞下去，但是仍旧不怀好意地盯着她的眼睛，"你还没有谈过恋爱，是真的吗？"

"是。"姚雪儿一脸冷淡，目光直视对方眼睛，挑衅道："那你呢？俱乐部说你资产一个亿，你没有造假吧？"

"哈哈哈！"中年男人放肆地大笑，手掌轻轻地拍打了下桌面，一脸傲然道："怎么可能有假！姚小姐你看我是华而不实的人吗？"说着，中年男子嘴角微微挑起，露出一抹异样的笑容，不怀好意地望着姚雪儿，手在口袋里掏半天，掏出一个小盒子，咧了咧嘴，玩味地说道："看，这是什么？"

说话间，中年男子打开小盒子，并从盒子里捏起一条钻石手链在姚雪儿眼前晃了晃，继续道："姚小姐！我看你照片就喜欢上了你！你好漂亮，好知性，看着好聪明，好干净！喏，礼物我都给你准备好了！今天我一定要送给你，因为你值得拥有，你跟其他女孩子是不一样的——"

姚雪儿嘴角微微上挑，不屑地冷笑了声，眼神淡漠地看着他说道："有什么不一样？不都是冲着钱来的吗？"

中年男人显然没想到姚雪儿这么直接，傻傻地看着姚雪儿，随即咧嘴笑了笑，说道："哈哈哈，姚小姐冰雪伶俐，我喜欢！"

中年男子起身，走到姚雪儿跟前，目光直视着姚雪儿，以一种居高临下的口吻说道："姚小姐，我要告诉你实情，我要对你诚实，我其实还没有离婚，可是我真的不爱我的老婆，我俩的婚姻早就名存实亡，姚小姐，我第一眼看到你照片就喜欢上了你，就爱上了你，一下子我初恋的感觉又回来了，只要你对我好，姚小姐，我一定对你好，送你车子房子都没问题的。"

此时此刻，会所的隔壁包厢内，上市公司总裁朱玉宁正出席一个不属于自己的相亲约会。此时，在朱玉宁的对面，坐着一个艳丽时尚的年轻女子。

打从朱玉宁进入包厢开始，这个年轻女子就彻底被温文儒雅的朱玉宁吸引了，她一脸惊喜地说道："哦，朱总你原来这么年轻这么帅！我还以为……"说到这，时尚女子掩嘴轻笑，刹那间，笑得腰肢招展。

朱玉宁面无表情地看着她。

从进入包厢开始，朱玉宁一句话没说，脸上的表情也是始终如一。

"我对你好满意哦！我觉得咱们好有缘啊，那么多应征者，你能独独选中我！"年轻女子喜出望外地说道，似乎并没有注意到眼下的气氛有些怪异。

朱玉宁推了推鼻梁上的眼镜框，微微一笑，看着她的脸，用尽可能礼貌的语气说道："咱们这是第一次见面——”

闻言，年轻女子咯咯笑了，因为她的确料不到与她见面的是这样一个又年轻、气质又儒雅的男人，她的确一时忘形，噘着嘴，语气娇嗲地说道：“嗯，朱总！第一次见面怎么了？我最相信一见钟情了。”

朱玉宁尴尬地笑，忽然起身，语气礼貌地说道：“余小姐！这不太好吧，我们第一次见面。”

年轻女子怔怔地看着朱玉宁。

而在隔壁包厢，见姚雪儿要离开，中年男人挡住了姚雪儿，并伸手抓住了姚雪儿的手，说道：“来，姚小姐，我给你戴上——”

“啪！”一声脆响，姚雪儿一巴掌打在中年男子的脸上。

中年男人下意识地捂着脸，一脸错愕地瞪着姚雪儿，愣愣地叫道：“你干什么？！”

姚雪儿白眼一翻，怒视着中年男子，低吼道：“别碰我——让开！”

中年男人脸色涨红，却咧了咧嘴，虽然恼怒却又冷笑道：“嘿！装什么清纯！你自己不都说冲着钱来的？”

闻言，姚雪儿嘴角上挑，冷笑一声：“我冲着人的钱来的，我不是冲着畜生的钱来的！”

"你骂谁？！"中年男子顿时暴怒，猛地抬起了手，就要向姚雪儿打去。

姚雪儿将手中的手机高高举起，并大声喊道："你敢动我！我就把你视频公布出去！我报警——刚才我全都录下来了！如果你今天想动我一下，最好打死我毁尸灭迹！"

"什么！臭丫头！"中年男人又惊又怒，原本要打向姚雪儿的手停在半空，紧接着换了姿势向姚雪儿的手机夺去！


另一边，朱玉宁正拉着年轻女子的手把她送出包厢。虽然朱玉宁对眼前这位女子提不起半分兴趣，但作为一个有风度的男人，朱玉宁还是面带微笑，略表歉意地说道："余小姐，对不起，再见。"

"你还是不是男人！"年轻女子略带鄙夷地说了句，跺了跺脚，虽心有不忿，却也不好在这里发作，只能涨红了脸，愤愤离去。

就在这时，朱玉宁听到隔壁吵架的声音。

# 第十一章　受辱的姚雪儿

**才高八斗，然而受尽屈辱……**

"住手！"朱玉宁一声断喝，同时快步向前，伸手向中年男子的手抓去。

中年男人猛地一回头，见来者是一名温文尔雅的男人，两眼一瞪，气焰嚣张地说道："小子，你脑袋被门夹了吧！居然敢管老子的事，你知道老子是谁吗？趁早给老子滚蛋！"

"哼！"朱玉宁嘴角一挑，冷笑了声，丝毫没有要松手的意思，语气平淡地说道："我不知道你是谁，而且我也不想知道你是谁，不过，你要是非得想让大家知道你是谁的话，那我们就报警。"

"你谁啊！"看见朱玉宁冷峻的脸，中年男子心里发毛，自己慢慢收敛起来。

"妈蛋的，你跟这骚货什么关系？！"他扭头来怒视姚雪儿。

朱玉宁捏住了他举在空中的手，使劲——

"哎哟哟——"这男子疼得弯下腰去，"哎哟，给我放手你听见没？！"

朱玉宁手上再用力。

那人疼得差点没趴地上去，"哎哟大哥！大哥！我叫你大哥还不行吗？"

"怎么了怎么了？"几个工作人员一路冲了进来。

"哦，没事。"朱玉宁摆了摆手，淡淡说道："这位先生可能来例假了，所以他现在，要向这位女士道歉。"

"好好好，我道歉，我道歉。"那男子哀号。

朱玉宁依旧捏着他的手不放，"以后，要学会尊重女性，知道吗？何况——"朱玉宁抬头看看一旁惊恐流泪的姚雪儿，"还是这么年轻的一个女孩子。记住了吗？"

"好的好的，我记住了，我记住了，大哥——"

朱玉宁一撒手，那男子撒出手来，一边甩一边喊疼。

朱玉宁："好吧，"示意那群工作人员，"带这位先生出去喝茶吧，记在我账上！"

第一次相亲就蒙受如此屈辱，纵然是有金刚之身的革命者姚雪儿，也忍不住又惊又怕，眼泪不自觉地流了出来。

朱玉宁把门虚掩上，回身，目光对着姚雪儿，神色温和："别怕，坐。"接着给姚雪儿倒一杯水，"喝口水。"

姚雪儿惊魂未定，虽然表面上强自地装镇定，本想伸手去端水，稍作掩饰，却发现无论自己怎么努力，但手总是不争气地微微颤抖。

朱玉宁目光闪烁，默默在姚雪儿对面坐下来。


对面的姚雪儿拼命噙住眼中的泪，将手中的水杯端起，又放下。

朱玉宁看在眼里，嘴角上挑，露出一抹温和的笑意，看着姚雪儿，关切地问道："我们是不是可以聊一聊？你姓姚？"

姚雪儿有些茫然地点点头，并未从刚才的惊恐中回过神来。

朱玉宁依然面带着笑意，伸手摸了摸下巴，语气温和地说道："别着急，喝口水再说话，我今天下午就来见你们两个。刚才那个余小姐，已经见过了。"

姚雪儿定了定神，慢慢地举起杯子，喝半口水。不知为何，眼前这男人温和的态度，让自己放松了不少。

见姚雪儿稍有平复，朱玉宁看着她，小心地说道：

"放心，不是每个男人都和刚才那个一样的，忘了他吧。我们来谈谈你——你是什么类型的女孩，有什么爱好？喜欢读书？电影？乐器？旅行？运动？还是……"

姚雪儿有些茫然地看着眼前的男子。不得不说，他比之前那个财大气粗毫无风度的中年男子好太多。

清秀儒雅的脸庞，温柔的嗓音，内外兼修的风度与涵养，无不散发出十足的魅力。

两人的对话在朱玉宁的带动下，渐渐开始融洽，虽然自始至终姚雪儿都没说上几句话，除了简单的介绍自己以外，其他都是简单的嗯、啊之类。

最后，在朱玉宁的要求下，姚雪儿留下了自己的联系方式，结束了这场另类的相亲约会。

叫来出租，朱玉宁看着姚雪儿坐上车，直到车开远，这才放心地上了自己的座驾。

坐上车，朱玉宁拿出手机。电话接通，朱玉宁恭敬地对着手机里的人说道："董事长，您让我办的事办到了，一个非常、非常干净的女孩子，刚上大一，我过来给您看照片。"

返回的路上，姚雪儿静静地看着车窗外的街景一道道闪过。

男人也会来例假么？

回想起朱玉宁的话，姚雪儿满满悲情的脸上终于露出一抹淡淡的笑意……

突然，姚雪儿的眼神被不远处一个熟悉的身影所吸引，脸上的笑意渐渐凝固。

不远处，张美姣在车流中卖力地发着小广告。衣着朴素的她，站在熙攘的车辆中显得异常渺小。

姚雪儿没有让司机停下，更没有趁接近时打个招呼的打算。

每个人都有自己要走的路，不是吗？

相望于江湖，何必相扰。姚雪儿深谙此道。

姚雪儿回到出租屋，路上叫的外卖已经到了。打开餐盒，草草吃了几口米饭，就再咽不下去。

她坐到床上，随手拿起那本伴在枕边的《资本论》，打开看到扉页上的题字：

雪儿珍存。

这是父亲给自己的题字。

这本《资本论》，是雪儿小学五年级成绩再次取得第一名时，父亲送给她的。

这礼物非同寻常，因为姚雪儿是非同寻常的姚雪儿，父亲是不一般的父亲。

这本《资本论》从那时起，就一直伴随着姚雪儿的成长。

姚雪儿翻开书，想到了父亲，就出了神。

父亲年轻时先是在县政府做文秘，他才华横溢性格却倔强，从不愿变通，这样的个性在官场最是不讨好，后来父亲就主动请调，去了县城党校做史哲老师。

因为才华横溢，所以一生卑屈。姚雪儿如今这样总结自己父亲的一生。

小时候，父亲为了自己可以上县城最好的实验小学，后来又为了保雪儿母亲在供销公司的工作，屡次去找以前的同学、同事和领导。那么骄傲的一个人，在妻子女儿的事情上，忽然低下了头，每天跑到人家家门口去堵着，见到那些人，再送上精心准备的礼品，急忙说许多求人的话……

这些事情，父亲从来不告诉雪儿。在姚雪儿的记忆中，父亲是那个从胎教就开始为她读西方哲学、讲天文地理、古今中外都通晓的天才。那些事情，都是姚雪儿中学的时候，母亲看见她的智力见识远远超出同龄的孩子，就忍不住，偷偷地跟女儿分享一些父亲隐瞒的事情。

小时候，姚雪儿偶尔见过父亲回家时铁青的脸色，她敏感的心也洞悉出父亲作为一位不合群的党校史哲教师的卑屈。家里的一切风吹草动，在姚雪儿这样冰雪聪明的孩子眼中，全都清晰刺目。

才高八斗，然而受尽屈辱……

姚雪儿抱着《资本论》，眼泪哗哗地流下来。

时间已经将至晚上十点，姚雪儿收起《资本论》，走到电脑桌旁，打开电脑，巨大的电脑屏幕上显示着美少女直播的界面。

姚雪儿坐在电脑旁，对着镜子化妆，嘴唇，眉毛，然后，眼影，腮红……迟疑中，她拿起细细的油彩笔，开始画斑点、花纹——彩妆。

许久，姚雪儿望着镜子里蝴蝶的彩妆脸，满意地嫣然一笑。站起身来，从身后墙上挂着的许多件衣服中，挑了一条裙子。

性感的裙子，婀娜的身姿，夸张的妆容，让姚雪儿看起来很诡异，诡异得充满神秘感。

"蝴蝶夫人"——在电脑屏幕的账号修改页面上，姚雪儿输入了这个昵称。

## 第十二章　她们眼中的姚雪儿

**姚雪儿配得上这份骄傲啊。**

大学旁，咖啡吧内。

最近曾馨与章家琦常常"约会"，或许，无论是曾馨还是章家琦都还没意识到，两人的每一次约会，所讨论的话题似乎怎么都逃不开姚雪儿。

曾馨捧着一杯果汁，一脸认真地说道："家琦哥哥，我特佩服张美姣和徐兰兰哎。"

"为什么？"章家琦喝着咖啡，笑着回应。

"你看徐兰兰是学霸，每天都在学习，从来没什么能转移她一点注意力的！每天她都早早背上包去教室，很晚才回寝室，而且睡觉前都要再看一会儿书哦。

上周末我叫她跟我们一起郊游，她居然说她妈妈不让她出校园诶，你说她是不是很认真。"曾馨喋喋不休地说道。

章家琦点了点头，很似中肯地说道："是不错，典型的乖乖女，不过像她这样缺乏自我意识的女生，可不一定能成为真正的学霸。"

"是啊，是啊，还有张美姣。家琦哥哥你知道吗，她可厉害了，不仅平时在学校里勤工俭学，就连周末的时间都还在不停地找兼职呢，而且她现在一天做三份兼职，我都怀疑她是不是孙悟空转世呢。"

"那是生活环境所迫，虽然不乏她自身勤奋的原因，但家庭的状况必定是根本原因。"章家琦微笑着，笃定地说着。

"嗯嗯嗯。"曾馨忙不迭地点头，继续道："家琦哥哥就是厉害，什么都瞒不住你。听说张美姣家是农村的，她父亲在打工，身体也不好，她自己靠助学金生活，可是她还有一个弟弟要上学，所以基本上，现在家里都是在靠她兼职赚钱哦！我好敬佩她！"

说完，曾馨张嘴将吸管含在嘴里咕噜咕噜吸了好几口，这才仰着头，若有所思般继续道："可是呢，我最佩服姚雪儿，她几乎不在宿舍住，所有课她都敢翘哦，有好几次老师点名，你不知道，都是我故意变了声音替她答应的，幸亏大学大多上的大课，老师很少注意到。但是上次好险，我们高数老师就喊，谁是姚雪儿？站起来，叫大家认识认识——那些老师也都知道姚雪儿的！害得我好囧，拼命趴着，幸亏前面邹凯旋的个子高挡住我。哎，家琦哥哥我跟你说，我们张美姣特坏，她说，她说姚雪儿说不定已经被包养了！不会是真的吧？不过姚雪儿好有钱的感觉，每次见她都穿新衣服，还都特时尚，不像她自己说的那么没钱！"

闻言，章家琦眼中顿时闪现一丝异样的神色，嘴上却依然平静道："谁知道呢，不过她的确比较另类，像是全世界的人都欠了她似的。"

"另类吗？或许吧！不过我倒是越来越喜欢她了，虽然我也不知道为什么，就好像，好像她身上有一种神秘的感觉在吸引我？哦，坏了，家琦哥，你说我不会是Les，我有女同倾向，喜欢上姚雪儿了？！"说完曾馨捂着嘴一阵花枝乱颤地嬉笑。

"你可别吓我，你要是女同，估计你妈妈会把我给活活掐死。"章家琦端着咖啡，脸上尽是揶揄的神色。

"嘻嘻，放心吧，不会，不会！我妈妈来找你麻烦的话，我就跟她绝交，嘻嘻。"曾馨没心没肺地说着，突然，嘬着嘴皱着眉头，有些苦恼地说道："可是不知道为什么，我妈妈很讨厌姚雪儿呢，还有张美姣也一样，好讨厌姚雪儿，她们居然都叫我要小心姚雪儿呢，你说奇怪不奇怪？"

"小心姚雪儿什么？"章家琦眨了眨眼睛。

似乎是意识到自己说漏了嘴，曾馨急忙扯开话题："没什么，没什么！哎，家琦哥哥，你要不要介绍姚雪儿去你家高尔夫球场？她说她想去做球童！她说这样才好钓大鱼哦，还问我借钱买寒假的头等舱机票，说邓文迪就是在头等舱遇到的默多克！可是我才不信，她好像是故意装出一副叛逆的样子，故意开玩笑的。"

"借钱买头等舱机票？呵呵，是这样吗？"章家琦玩味地问道，眼中闪过一抹异样的神色，淡淡说道："或许，那样才符合她的性格吧。"说完，章家琦眼珠转了转，嘴角上挑，有些揶揄地继续说道："可以啊，你问她什么时候去上班，我一会儿叫人去安排。"

"嗯，好的，那我先替雪儿谢谢家琦哥哥。"说完，曾馨又是甜甜一笑，大眼睛眨啊眨地看着章家琦，小声地说道："哎，家琦哥哥，我跟你说哦，前两天我真的去看了美少女直播，也没什么啊，就是一个一个女的，坐在那里，什么都不干，一会儿摸摸头发，一会儿扭扭腰的，好无聊！哎，我好好奇姚雪儿在干什么，可是我没找到她啊！我就问张美姣，结果张美姣说——到晚上，晚些的时候，那些女主播就会脱衣服哦，好恶心！

我不觉得姚雪儿是这样的人哦！家琦哥哥，你觉得呢？"

"我怎么知道啊，我又没看过。"章家琦说道，心中顿时冒出一个想法：自己是不是太纯洁了？不由笑了。

"噢，也对，家琦哥哥天天这么忙，哪有空看那些，嘻嘻。"曾馨甜甜一笑，小脸蛋不知何时飘起两片红霞，犹如一个熟透的苹果。

章家琦撇了撇嘴，突然，一个奇怪的念头在心中升腾而起！没由来的，突然很想去看看姚雪儿的直播，刹那间，自己被这个怪异的想法吓了一跳。章家琦看着脸色红润的曾馨，故作平淡道："对了，听说姚雪儿出过三本书是吗？都哪几本，什么时候去看看她的文笔怎么样。"

此刻的章家琦连自己都没意识到，不知道从何时开始，那个在自己面前一脸骄傲的女生早已经悄悄地闯进所有人的心里，包括他自己。他似乎想通过各种渠道去了解她，去教训她，去彻底揭下她高傲的面具，让她坦诚地面对自己的身份，露出一个社会底层的草根该有的样子！

但他，很奇怪，同时又希望姚雪儿能够一直这么骄傲下去，也许是因为，她有这样的资本？撇开家庭因素不说，无论是外在的样貌还是内在的才华，她都配得上这份骄傲啊。

骄傲并不是只属于有钱人的，但是在这个社会上，绝大多数的平民已经放弃了骄傲。

姚雪儿，你还能骄傲多久呢？

# 第十三章　幕后老板

**姚雪儿：对不起，这不就是一场交易吗？我拒绝交易。**

出租屋内，姚雪儿以每小时两千字的速度在键盘上敲打着。对一名网文写手而言，两千字的时速称不上多快，但也绝不是一般人所能达到的。

"嗡嗡嗡……"陡然间，手机的震动声响起。

姚雪儿皱了皱眉头，眉宇间流露出一股不悦之色。这是每一个网文作者的通病，没有哪位作者会喜欢在自己全速赶稿的时候被打扰。姚雪儿耐着性子拿起手机，看了下。

"朱玉宁？"姚雪儿微微一愣，随即在屏幕上点了接听键。

"姚小姐，这样，我们明天见个面，好不好？"手机里传来朱玉宁充满磁性的声音。

"可以。"姚雪儿的回答一如既往的简单明了，即使对方是朱玉宁。

"嗯，我给你发地址，晚上六点，放心，是一个吃饭的地方。"

"可以。"姚雪儿应了声，紧接着又是补充道："不过，我不喜欢太热闹的地方。"

"好……好的，正好，我有事情要跟你谈一谈。"


一家富丽堂皇的私人会所内。姚雪儿坐在装修奢华的包间里，身穿洁白的连衣长裙，安静腼腆地坐着。

服务员走进包间，安静熟练地上菜，随后有序地退出。

"吱呀——"包间门被推开，朱玉宁西装笔挺地从门外走了进来。

姚雪儿看着朱玉宁，既没有笑容也没有丝毫不满的表情，就像是看着一个无关紧要的陌生人。

朱玉宁径直走到餐桌的另一端，选了一个离姚雪儿最远的座位——在她对面坐下来。

朱玉宁看着姚雪儿，礼貌性地笑了笑，语气平淡地说道："姚小姐，是这样的，一会儿我的老板，温董事长，来和我们一起吃饭，我在主管分公司之前，一直是我们老板的秘书。"

姚雪儿看着朱玉宁。她尽力克制表情，可是掩饰不住心中巨大的错愕。不仅是因为朱玉宁的身份，更是因为朱玉宁的坦诚，同时还有一丝丝的不爽！

这算什么？拉皮条吗？

姚雪儿一句话不说，面若冰霜。

似是察觉到了姚雪儿的情绪，朱玉宁有些尴尬地推了推眼镜框，依旧保持着淡淡的笑容，解释道："呃，很抱歉，上次见面没有跟你说清楚，不过你放心，我的老板实力雄厚，我们集团旗下有5个上市公司，而且姚小姐你放心，我们老板，是离婚状态，是要跟您真诚地交朋友，绝对不会耍流氓的，而且这一次见面，我们一定是友好协商，你情我愿，不会有一丝为难。姚小姐，我老板看过你所有的资料，对你非常满意。"

"是么。"姚雪儿语气冷淡地应道，虽然心有不爽，但却还在能够忍受的范围内。毕竟人家也说了，绝对不会耍流氓，而且对于这一点，姚雪儿倒是相信朱玉宁能够说到做到。

更何况，既然自己参加了富豪相亲俱乐部，那没有理由错过与真正的富豪接触的机会。至少，能够成为朱玉宁老板的男人，绝对称得上真正的富豪。

"嗒嗒嗒——"一阵脚步声响起，听声音，姚雪儿肯定对方来的不是一个人。

包间的房门再次被打开，一位头发花白的老者从门外走了进来，随行的两名随从一个跟着走进包间，另一个则自觉地站在包间外面。

朱玉宁立刻起身，先是向老者微微颔首，恭敬地叫道："董事长！"这才转头对姚雪儿说道："姚小姐，我来介绍一下——这就是我的老板，温董事长。"说完，又回过头，对老者继续道："董事长，这是姚雪儿，姚小姐。"

姚雪儿起身，顺着朱玉宁手指的方向看去，只见一个鬓发花白的老者正背对着自己。

姚雪儿淡淡地看着，嘴角微微上挑，眼中却是眸光闪动，一股被压制着的怒意即将迸发而出，然而，就在此刻，姚雪儿的脸上却莫名闪过一抹笑意。

"老爷爷，你是来认干女儿么？"姚雪儿嘲讽道。

诚然，姚雪儿并不排斥相亲，否则她也不会参加相亲俱乐部。对姚雪儿而言，如果能够找到一个有钱的伴侣，有什么不可以呢？

但姚雪儿却并不急着将自己推销出去，更不会接受不平等的交换！或许换个地方，换个场景，姚雪儿不会这般直白。但有朱玉宁试探在先，后有这位所谓的董事长傲慢在后，姚雪儿不能忍，也不会忍！

"你说什么！"跟随老者走进包间的随从勃然大怒，

一步向前，像要对姚雪儿出手。

"你想干什么？！是要对我动手吗？难道这就是你们说的真诚交友吗？"姚雪儿毫不退让，迎上随从愤怒的目光。

"出去。"老人的语气很平淡，却流露出一股不怒而威的气息。

闻言，随从身形一顿，脸色变了变，一脸恭敬地向老者鞠了一躬，这才返身退出包间。

老者慢步走向之前朱玉宁坐的位置，缓缓地坐下，同时向姚雪儿摆了摆手，道："小姑娘，坐。"同时，也对恭敬的站在中间的朱玉宁示意："你也坐。"

待姚雪儿与朱玉宁都坐下后，老者举起手中的筷子招呼道："吃，吃，都别光看着，这一桌子菜可别浪费了。"

"好嘞。"朱玉宁应了声，举起筷子，向就近的盘子夹去。

姚雪儿脸色平淡地端起桌上的杯子，喝了口水，却并没有要动筷的意思。

虽然姚雪儿极力克制着自己紧张的情绪，但无论是朱玉宁还是老者，都一眼看出姚雪儿很紧张。

这并不奇怪，在老者面前，就连朱玉宁都有些心惊胆战，更何况是姚雪儿这种涉世未深的小丫头。

当然，这并不代表老者有多恐怖。相反，老者很随和，比朱玉宁还要随和，但老者久居上位者的气息并不是他想压制就能压制的。

见姚雪儿这般模样，老者自然清楚这顿饭姚雪儿恐怕是难以下咽了，却也只能摇了摇头，无奈地叹了口气："想当年我刚从农村里出来的时候，做梦都想着能吃上这么一顿饭菜。可惜啊，人老了，再美味的佳肴摆在我面前，也吃不了多少了。"

闻言，姚雪儿微微一愣。

从老人的话语中，姚雪儿判断，老人所拥有的一切并非什么暗箱操作，或许是靠自己的实力和奋斗一路拼杀得来。

抛开之前的不愉快，姚雪儿看着眼前这位老者的目光不再如之前那么凌厉。但她更清楚，这样的人远比那些靠着家族崛起的上位者更可怕！因为这样的人是一个奇迹，他崛起的过程就是一场革命！

资本的积累，都是血淋淋的！

老者能有今日的成就，他手上沾染的鲜血绝对不是常人所能想象的！

"小姑娘，其实你说得也对，我也算得上是来认干女儿的。"老者面带微笑，说话间，眼神如鹰隼般盯着姚雪儿，继续道："可是，我的干女儿可不是谁都能当的，你明白吗？"

姚雪儿背着书包，带着一脸即将暴走的神情，走向会所门口。

朱玉宁追出来，在姚雪儿身后叫道："姚小姐，你等一等！"

姚雪儿站住，没回头，神态冰冷。

朱玉宁走到姚雪儿身前，看着姚雪儿，仔细斟酌一番后，语气温和地说道："姚小姐，我不理解，我们温董，真的很尊重你，没有——非分之想——不过，呃，年龄大些，但是也不是很大。"

姚雪儿嘴角微微上挑，看着朱玉宁，红唇微张，说道："对不起，这不就是一场交易吗？我拒绝交易，因为在我的标准中，他配不上我！"

朱玉宁尴尬地站在原地。


离开会所不久，宽阔的十字路口上，姚雪儿仰着头，双眸微闭，享受着秋日温和的阳光。

"不要让任何不值得、不开心的事影响自己的心情超过十分钟，因为我是姚雪儿，我的青春并没有充裕到让他人影响到自己的情绪。"姚雪儿喃喃自语。

突然，姚雪儿的眼神定格在不远处的一个电视大屏幕上——"美家房产区域经理回应美家霞光湖公寓降价遭客户售楼处示威事件"

姚雪儿惊奇地站住，仰望屏幕，"小月姐？"

姚雪儿忍不住笑了，"小月姐的这个销售经理，原来级别这么高吗？"

姚雪儿坏坏地笑，"记得上次小月姐说过，只要出了什么不好的事情，总是要她这个小卒出来顶的！"她抬头看着谭小月屏幕上大大的脸，笑道，"小月姐，好样的，加油！"

屏幕上，身穿职业装的谭小月十分动人，面对现场记者的苛责与追问，表现得大方得体，对答如流。

"请大家理解，这是房产新政下的正常市场变动，同时也是我们美家在财政季度巨大资金压力下不得已采取的降价措施，请各位想一想，你们之中，有很多人是美家房产的老客户，此前不少人多次买过我们的房子，试问，这一次购房发生了很小幅度的降价大家就要求进行差价补偿的话，那么此前，大家之前购买的房子发生了大幅的增值，有的房子甚至增值 10 倍，那是不是也意味着，大家要返还因为购买美家的房子而产生的巨额利润呢？"

姚雪儿站在屏幕这边，远远向着屏幕上的谭小月，伸出大拇指。

"咦，坏了！"姚雪儿忽然叫道，"降价？降价的岂不是上次小月姐介绍我买的燕郊的房子？坏了，我的头一笔房产投资，要亏了！"

## 第十四章　球童

**章家琦：不！绝对不！她高傲的头颅只能向我低下！她只能在我面前屈服！**

距离上次与朱玉宁和老人的见面已经是一个月后。在这段时间里，姚雪儿几乎没见到过谭小月，这让好几次想要关心谭小月现状的她有些苦恼，甚至有些担心。作为时刻准备着要在互联网乱世中崛起的枭雄，姚雪儿深知互联网一传十、十传百近乎可怕的传播效应。

但担心又能如何？若是睿智老练如谭小月都无法解决的难题，自己又能帮上什么忙？姚雪儿摇头苦笑，几次上门找谭小月未果后，还是决定继续实施踏足上流社会的计划。

一个位处郊区的高尔夫练习场，更衣室内，姚雪儿换上一身球童的工作服，站在镜子前转了转。

还真别说，这高级场所就是不一样，就连球童穿的工作服都要比外面那些专卖店的运动装要好。

虽然之前姚雪儿只是跟曾馨随口一提，但既然曾馨都已经安排好了，那姚雪儿自然也不会放过这个见见世面、接触有钱人的机会，万一要真钓到大鱼呢？当然，姚雪儿也清楚，虽说自己能来这里上班曾馨功不可没，但归根结底还是章家琦的关系。

不过，知道归知道，姚雪儿可不会领这个情。充其量对曾馨说声谢谢，但对章家琦？拜托，如果不是为了给曾馨面子，他怎么可能会帮自己？

如果没有曾馨，自己会不会帮姚雪儿？或许章家琦自己也不知道，就像他到现在也想不明白自己怎么会突然约上朋友来打高尔夫。

自从这个球场建立以来，自己出现在这里的次数，加上这次，总共也才三次吧。第一次，是这里开业。第二次，是来陪父亲接待一位美国回来的叔叔。而这一次又是为了什么？章家琦自己也不清楚！但可以肯定的是，自己绝对不会是为了姚雪儿，至少，不会单纯地只是为了她！

"哎，我说章大主席，你整下这球场，作为腐败基地？哎，不对，怎么今天想起带我们来腐败？"一个与章家琦同样身出名门的青年打着哈欠，一脸调侃的神情。

章家琦撇了撇嘴，轻笑了笑，却不作声，握了握手中的球杆，猛地挥出一杆。

章家琦举目瞭望，只见不远处，一个瘦弱的影子，背着一个巨大的球袋，摇摇晃晃，跟着两个身材魁梧的客人走到场上。

章家琦一眼便发现这个瘦弱的球童，但他也不作声，更没有向前打招呼的想法，只是眼角的余光时不时地瞟向那一边。

"不对，我今天是一对二的，您需要付双份的小费！"突然，一阵不满的声音在球场上响起。

客人眉毛一挑，一脸不满地吼道："对啊！一对二！一对二你想能达到一对一的服务水准吗？我问你，你刚刚球痕修得够好吗？补沙你刚刚补得怎么样？你刚沙坑都来不及耙！"

客人的声音很大，很快，球场的领班赶了过来，客气地说道："这位先生，请问有什么问题吗？"

客人见领班过来，更是不依不饶，大吼道："你们球场现在怎么搞的？现在服务这么差！看这孩子！背球包都费劲，还跟我们要双份小费，凭什么？！"

闻言，领班急忙道歉道："对不起，对不起！我来为两位服务！"说完，对球童挥了挥手，不耐烦道："哎，你，回休息区去，岗位再培训！"

"哼！"姚雪儿冷哼了声，转过身向场外走去，一边走，一边摘下帽子、手套，向更衣室走去。

见状，章家琦莫名感到心中有些发慌，急忙坐在朋友中间，偷偷地拿了朋友的一顶帽子遮住脸，他不想在此刻让姚雪儿看见自己。

之前那个调侃章家琦的青年原本一直盯着姚雪儿，但现在见章家琦这般模样，慢慢地，像是想到了什么一般，一脸坏笑地道："你的人？"

章家琦眉毛一挑，将帽子斜了斜，余光向着姚雪儿的方向看了眼，确认姚雪儿没发现自己后，这才放心地说道："不，不是。"

"真的不是？那就是我的人咯？"青年一脸坏笑道。

见姚雪儿已经走远，章家琦长吁了口气，坐直了身子，淡淡地说道："不，别动她！"

话刚说出口，章家琦便后悔了，不是后悔让青年探出了虚实，而是后悔自己给了自己答案。一个自己无法面对，更无法接受的答案！

关心她？自己居然关心她？！关心一个一心想要嫁给有钱人，一心想要靠自己的年轻美貌来赚钱的女人？

闻言，青年咧了咧嘴，调侃道："那还是——你的人呗！"

"不是！"章家琦应了声，眉头却微微皱起，一种莫名的情绪浮上心头，回想起方才姚雪儿受欺负的情景，似乎自己并没有感到舒畅，反而有一种烦躁的感觉！这种感觉让章家琦觉得很可怕，试问，一个习惯了运筹帷幄、指点江山的人，怎么能接受失控？怎么能接受自身的情绪失控？

不！不对！

这应该只是强者同情弱者的正常表现，我怎么可能会因为她而失控？是的，一定是这样！作为一个正常的男人，看到美女受欺负都应该会有这种反应才对，更何况这个漂亮的女人还是我的学妹！更是曾馨的室友，同班同学！而且还是我亲自安排她来这里上班的，所以我会因为她刚才受欺负而内疚，所以……

章家琦不停地用各种理由暗示自己，可想着想着，章家琦的脑海中都会出现姚雪儿方才被欺负的画面。而每当这个画面出现时，章家琦的心都会猛地抽搐起来！

最开始还只是有些烦躁，渐渐地有些难受，到后来，居然莫名其妙地有些心疼？！

她是那么骄傲的女生啊，我怎么能眼睁睁地看着她被人欺负？怎么可以视若无睹地让她在别人面前低头？除了我以外，她怎么可以在别人面前低下她高傲的头颅？！

不！绝对不！

她高傲的头颅只能向我低下！她只能在我面前屈服！

想到这里，章家琦站起身，对身边的朋友说道："哎，你们自己回去吧，我有点事。"说完，便不管朋友们是否答应，便自顾自地朝着姚雪儿的方向走去。

"哎，不会吧，大 BOSS！要结账你就跑？我们怎么办？"青年不爽的声音在章家琦身后响起。

## 第十五章　遭拒

**章家琦面若止水地望着姚雪儿的脸，就好像望着自己嘴角永恒的猎物一样。**

高尔夫球场俱乐部，更衣室内，姚雪儿换好衣服走出更衣室，迎面差点撞上一个人——

姚雪儿抬头，只见一个帅气且熟悉的身影站在自己跟前，来人不是章家琦还能是谁？

"你？你怎么在这里？"姚雪儿一脸茫然，似乎对章家琦的出现感到很意外。

"我？哦，我来，呃，学打球了！"章家琦言辞含糊，紧接着扯开话题，继续道："我要回学校了，你回去吗？我带你？"

姚雪儿眨了眨眼，神色间有些狐疑地看着章家琦，漠然地应道："好啊。"

如同上次一样，章家琦开车，姚雪儿坐在后面，两个人一句话不说。

章家琦透过后视镜，有些不解地观察着姚雪儿，这个姚雪儿，每次上车，都离自己尽可能远地坐在后座，难道她……

难道她讨厌我？

不是……她有什么有资格讨厌我章家琦？！

章家琦不禁忿忿然。

车子一路疾驰，车内寂静无声。此时，姚雪儿早已恢复她一直以来的高傲姿态，手中拿一本书，一会儿看一眼书，一会儿看窗外的风景。

章家琦时不时地从后视镜里看着姚雪儿一半魔鬼一半天使的脸庞——很异样，很复杂，却无时无刻不对他构成一种独特的吸引力，像是一层迷雾一般，让他深陷其中，忍不住想要一探究竟。

他没有料到姚雪儿真的会来高尔夫球场做球童——她不是加入富豪相亲俱乐部了吗？她不是在做一脱就赚钱的网络女主播吗？有必要来这里做球童？这一点让章家琦百思不得其解！

球场上姚雪儿背着大球包柔弱的身影，一直在章家琦

的脑海中徘徊……他有一种奇怪的感觉，仿佛自己看到了她的另一面。

这一切，让章家琦忍不住对姚雪儿更加好奇，更加想一探究竟，还有那不知何时开始的一丝怜悯与爱惜之意。

"要不……"说话间，章家琦忍不住抬起眼皮瞟了一眼正在看着窗外的姚雪儿，似乎想说什么，但却又不知如何开口。

"啊？"姚雪儿一脸茫然地回过头，像是沉思被打断一般。

章家琦愣了愣，眼神盯着后视镜中那张茫然的脸庞，言辞有些飘忽地说道："你考虑一下——"

"不用了。"没等章家琦说完，姚雪儿却已经给出了答案，拒绝得很决绝，不留余地！

"不用什么？"章家琦木然，这算怎么回事？自己话都还没说完吧？

姚雪儿嘴角上挑，泛着淡淡的笑意，眼角的余光看向车窗外，淡淡说道："我已经辞职了。"

章家琦有些错愕地张了张嘴，应道："噢？"

车内再次陷入沉默，姚雪儿先是低头看了看书，随后，抬头看窗外风景，看着无数树木的倒影一掠而过，像流逝的时光不再回头。

姚雪儿幽幽地叹了口气，喃喃自语道："很快就是深秋，很快就是冬天，很快就是寒假，很快就是春天，很快，就是夏天——很快，大学的第一年，就完了。"

章家琦盯着后视镜中的姚雪儿，没有说话，只是静静地，偷偷地看着。

车子很快驶进校园，进入校内停车场。

熄火后，章家琦扶着驾驶座车门静静地看着姚雪儿从后座下车。看着姚雪儿即将离去的背影，章家琦顿时感觉到心中一空，像是有什么重要的东西被抽走了。

"姚雪儿！"

章家琦盯着姚雪儿的背影。

有些人相互吸引，是因为他们都是进攻性特别强的人，所以他们想干什么就干什么，想说什么就说什么，从来不计后果。

有些人，有些事，都是与生俱来的！占有欲强、进攻性强的人，就一直进军。而这世界上另一类人，则是永远地观望，无论是在事业上，还是感情上，都在一直重复地选择观望！仿佛他们人性中只有植物性的一面，而没有动物性的一面，就如同邵杰一般。

不是他们不想要，而是他们怕失去！几乎所有人都清楚地知道邵杰喜欢姚雪儿，但自己不肯说，不敢说！不是他不想拥有，而是他怕，怕被拒绝，更怕连眼下这份偷偷关注姚雪儿的资格都失去。

"嗯？"姚雪儿有些狐疑地回过头，心思缜密的她，

自然早就发现了章家琦的不寻常。但她并不在意，一来，这与自己无关！二来，还是与自己无关！

章家琦面若止水地望着姚雪儿，就像望着猎物一样。

"我刚才要说的是——要不，你考虑一下，做我女朋友吧。"

闻言，姚雪儿心头一震，曼妙的眼睛睁得大大的。

震惊——恼怒——鄙夷——不屑！

"这就是你送我回来索要的报酬吗？是我在你眼中太没价值，还是你将自己看得太高了？又或者说，这就是你身为星海集团少东家、学生会主席、XX校草该有的风范？你期待什么？我现在是不是应该欣喜若狂？然后美滋滋地回家洗个澡换一身漂亮衣服投入你的怀抱？哼！章家琦，在我眼里，你的资本还不够！"

说完，姚雪儿很是鄙夷地白了章家琦一眼，扭头走掉。

章家琦想再说什么，但张了张嘴又咽下去。

章家琦双手抱胸看姚雪儿走远，脸上洋溢一股笑意。

这个姚雪儿，的确有意思！

这正是他期待中的姚雪儿的反应，他不喜欢没有任何反抗的猎物。

姚雪儿一路走回出租屋。她坐在墙角的沙发里揉揉脚，好了，高尔夫球场也不干了，要重新整理一下规划。

期中考试将至，虽然自信不会有问题，但为了确保考第一，最好每次都考第一——这是她从小对父亲的承诺，从没有口头说出来，但是实际行动一定要实现。想到这儿，姚雪儿费劲站起来走到书架前，看着眼前一大堆书，打开手机，看着邵杰发给自己的考试时间表和复习重点等，姚雪儿摇摇头，自语道："好吧，还是要花两天时间好好复习才行。"

## 第十六章　女不强大，天不容

　　**苏禾：对我来说，青春就是我全部的资本，来，干杯！让我们以青春赌未来吧！**

　　姚雪儿回到出租屋，碰巧在楼下撞见高琳琳。姚雪儿微笑着打招呼："琳琳姐，好些天没见到你了，刚下班？"

　　"是啊，这段时间忙着赶预案呢，都快把我给逼疯了。"说完，高琳琳走到姚雪儿近前，伸手指了指自己的额头，说道："看到了吗？我脸上的痘痘都快爆了！"

　　"呃，要不，我给你挤挤？"姚雪儿有些尴尬地捂了捂鼻子，笑道。

　　高傲的姚雪儿，到了谭小月和高琳琳这里，完全就是可心的小妹妹。

"呃，一会儿我自己来，小妹妹。"高琳琳刮了下雪儿的鼻子。

"都在啊。"就在这时，走廊另一头，身穿黑色职业装的谭小月，一脸憔悴地走了过来。

"哎，小月姐，最近一直没见你，倒是那天在户外电视新闻里看到你，你发言很棒的，怎么也一脸无精打采的啊？"姚雪儿关切地问。

"呵呵，想必你们也应该耳闻了吧，这次的售楼事件可把我整得够呛。"谭小月一边开门一边摇头苦笑，幽幽地说道："而且，眼看年关将近，哪个企业不要忙着做报表做总结啊，琳琳也好不到哪里去吧？"

"可不是嘛，我都快愁死了，手头上本来就已经有一大堆的资料要做，那鬼佬上司还一个劲儿地给我挑三拣四，我都快崩溃了！"高琳琳瞬间找到了同病相怜的诉苦对象，一脸生无可恋的模样。

正说着，高琳琳的手机响了，高琳琳紧张地冲到屋里去接电话。


"那——既然两位姐姐都这么辛苦，要不我们叫上苏禾姐，大家一起吃火锅放松放松如何？"姚雪儿早打开了自己的门却不进去，提议道。

"哎，这主意倒是不错，咱们在一起住了这么久，还

没一起吃过饭呢。正巧今天都在，咱们一起去吃顿火锅，就当散散心去去晦气，我请客！"谭小月表示赞同。

"为什么请客？小月姐加薪了？"姚雪儿鬼鬼地问。

"哪里啊！"谭小月摇摇头，"最近我们日子不好过。房子拼命涨价的时候，大家一边骂一边疯狂地买，可只要一降价，明明便宜了，就都不买了！"

"所谓追涨不追跌呗！"高琳琳从屋里探出头来，"我晚上又得熬夜，我也想通了，你们出去吃饭，我也一起去，不过，一定要在楼下吃，我吃完就得回来干活。"

"嘿！"姚雪儿笑道。

谭小月也无奈笑了，"好吧！你最忙！"

"我看看苏禾姐，她应该马上下课了！"姚雪儿蹑手蹑脚地凑近苏禾的门。


楼下的小火锅店，几个女孩坐定，苏禾和姚雪儿负责点菜，谭小月和高琳琳相互大倒苦水。

"小月，你说我这算什么事，天天加班加点的，也没见老板给我加工资、发奖金，还整天挨批评。别人请假年休，一个个天南地北地玩，还晒朋友圈，我为了那么点奖金都舍不得请假，别说青春痘了，我看再过俩月，我的鱼尾纹都要出来了。"高琳琳抱怨道。

"还说你，我们忙的时候，是身体累，但闲的时候，房子卖不动，整个公司团队死气沉沉的，心累。尤其做我们房地产的，总是在不停地换人，老员工要走，新员工要来，就需要培训，我得带队，不知道一天会整出多少乱事情。"

"还是你好啊，"高琳琳幽幽地说，"什么时候我能混到你的地位，我就不用担心整天被人盯着，被人……"高琳琳欲言又止。

"怎么？"谭小月一脸关心地看着高琳琳，"你那个色眯眯上司，还是跟以前一样吗，还是想占便宜？"

姚雪儿点完菜扭过头来，"什么色眯眯上司，小月姐？"

"少儿不宜，不跟你说。"谭小月笑。

高琳琳正要说什么，手机又响，她跳起来，冲出去接电话。

谭小月扭头看着她冲出去，叹一口气，"琳琳的顶头上司，总是色色的，搞得琳琳整天上班战战兢兢的，感觉很不好。"

"哦！"姚雪儿叹口气，"只在小说里出现的情节，现在我看到真实的了！投诉他啊，或者辞职，为什么还在那里干？"姚雪儿义愤填膺。

谭小月和苏禾相视一笑。

谭小月做个鬼脸，"小孩就是小孩，雪儿，纵使你千伶百俐，但你对社会的认知，还是很浅显。"

苏禾笑着说："不过我相信雪儿将来进入职场，一定没人敢欺负她。"

谭小月心疼地看着姚雪儿那张娇美的脸蛋，"那还真是的，雪儿，将来就算有人敢欺负你，告诉我，我为你出头！"

姚雪儿做出一幅可怜兮兮的鬼脸，小鸟依人般靠在谭小月的胳膊上，抱住她的肩头，"小月姐，你真好！"

高琳琳呼呼地走回来坐下，脸色略显难看。

大家关心地看着她。

"怎么，琳琳姐？"姚雪儿将一盘牛肉倒进火锅，顺势说道："琳琳姐，要是有人欺负你，告诉我，我为你出头！"

高琳琳苦笑，摇摇头。

苏禾把一盘山药倒进锅里，"哎，美女们，别愁眉苦脸的，都败败火，养养颜。"

谭小月笑道："嗯，只有跟你们在一起的时候才可以放下一切，才可以有愁眉苦脸的权利！公司的事情，真正的高层不可能管那些破事，具体执行全落到了我的头上，一年到头，忙得我两条腿都快跑断了，每天脚都好疼。上次我们因为售楼合同条款的问题，害得我挨家挨户跟客户又是协商又是道歉，说得好听叫道歉，不好听就是去做出一副无比妩媚的笑脸被人当孙子骂！"

"小月姐消消气。"姚雪儿帮谭小月捞两片山药到碗里。

谭小月接着说："一年到头无数的事情，有时候我真的在想，怎么会有那么多的事情呢？！再这么下去，估计再拼个几年我就要提早进入更年期了。"说话间，谭小月还不忘用手揉揉额头，让自己放松一些。

"是啊，"高琳琳满怀心事，羡慕地看着姚雪儿，"想想还是读书好啊，那时候的梦想就是梦想。当你步入社会真的去实践的时候才会发现，在梦想之前有太多你根本想不到也不曾去想的问题。真如三毛说的：'长大的过程，就是希望之梦一个一个破灭的过程'。"

"唉——"谭小月叹了口气，感慨道："对我们来说，青春是最强大的资本，但是作为女人，又有多少青春？过几年，我们要结婚，要生孩子，再过几年我们就老了。青春，对我们来说只是一本太仓促的书，翻着翻着就没了。"

谭小月扭头看姚雪儿："算了算了，不要说了，不要把我们在职场的悲观情绪传染给单纯的雪儿！还有苏禾，将来会回到校园，还是去国外进修，好羡慕啊！"

苏禾笑道，"为什么我一直不吭气？"她举起手中的饮料，"因为你们的生活就像是这饮料，可也只是酸酸而已，而我的生活，全都辣得掉眼泪。"

"雪儿的资本论不是很正确嘛"，苏禾说，"对我来说，青春就是我全部的资本，来，干杯！让我们以青春赌未来吧！"

"干杯！青春赌未来！"

姚雪儿举起手中的果汁，和谭小月、高琳琳、苏禾逐一碰杯。

# 第十七章　一年之后

**你这个混账女人，到底要无视我到什么地步？**


时光飞逝，转眼大学的第一年过去。

姚雪儿拖着行李箱走出机场，她身穿 T 恤和短牛仔裤，鼻梁上架着一副大框眼镜。与绝大多数返校的女大学生相比，姚雪儿除了比她们更为时尚漂亮以外，其他的并没有太大区别。

姚雪儿伸手招了辆出租车，淡淡说道："XX 大学。"


XX 大学，女生宿舍部。

章家琦气喘吁吁地跑上女生楼来找曾馨。

曾馨家的阿姨、司机正忙着把大行李箱里的东西拿出来往床上铺。

曾馨皱了皱眉头，环顾寝室，噘着嘴道："我有那么脏吗！她们几个被褥不都放在寝室！就我带回去洗！"

寝室走廊处，章家琦远远便听到曾馨的声音，可当他走进寝室的时候，还是不由地微微一愣，无奈地说道："Hi！我来晚了——这么多人！馨馨你还叫我？！"

曾馨甜甜一笑，噘着嘴上前，拍了下章家琦的肩膀，抱怨道："家琦哥哥！你狠不狠心，暑假整整两个月没见！"

章家琦撇了撇嘴，一脸无奈地苦笑道："谁叫你一直在外边跑！"

闻言，曾馨的嘴噘得更高了，抱怨道："别提了，宝宝心里苦！我妈总爱带我环球奔波。"

"那你还苦啊？阿姨都快把你宠上天了，一有时间就带你出去度假。"章家琦一脸揶揄，看着眼前这位身在福中不知福的小公主，很是无语。

"嘁！"曾馨嘴角一撇，下意识地环顾了下四周，确认宿舍没有其他人后，继续道："哪里是她陪我度假？是我陪她好不好？！暑假第二天，我们就飞伦敦，就住了两天，然后去卢森堡，待了差不多一个月，然后，我妈妈又想着带我去哪里。果然，又飞洛杉矶找我小姨！哎，家琦哥哥，昨天我听我妈妈和你妈妈通话，她们已经在筹备暑假旅行！我妈妈问你妈妈为什么不带你去洛杉矶，我们本来想去你们房子住几天，可惜没去成，我妈好遗憾的！哎，昨天我偷听她们电话哦，我听她们的意思，怕是要预谋寒假带我们去东海岸，她一直跟我唠叨 NYU 啊哥大啊那边的商学院，说你妈妈跟她说几遍了，说你不等毕业就过去，还我上完大二直接跟你去纽约！哦，好烦她们一直对我们穷追不舍。"

"嘎吱——"就在这时，寝室的门再次打开，姚雪儿一脸冷漠地拖着一个大行李箱走进寝室。

曾馨一脸惊喜，热情地叫道："雪儿！你回来了！家琦哥哥，你帮雪儿拖箱子啊！雪儿！抱抱！上学期要不是期末考试，都看不见你了！"

"不用。"姚雪儿淡淡地应了声，自顾自地拉着行李箱向自己的床位走去。章家琦看着姚雪儿，想上前帮忙，却又不知从何下手。

收拾完一切，陪同曾馨来的阿姨和司机向曾馨和章家琦道别后，便把空的行李箱拖了出去。

曾馨向前热情地抱姚雪儿，像是久别重逢一般，噘着嘴一脸坏笑地说道："雪儿你又故意在微信里说为头等舱饿肚子！就爱骗我们！"

姚雪儿一脸平淡，波澜不惊地应道："我没有骗你们啊！"

"嘻嘻，雪儿你真逗。"曾馨像是在听笑话一般，笑得歪倒在章家琦身上。

章家琦看着姚雪儿，张了张嘴，想说什么，却又不知如何开口。从姚雪儿进入寝室开始，章家琦便一言不发，只是傻傻地站着，静静地看着姚雪儿。

"你走吧，我不用帮忙。"姚雪儿边收拾行李，边漠不关心地说着。不知为何，在见到曾馨与章家琦腻在一起的时候，姚雪儿的心中有一种莫名的烦躁感。突然，姚雪儿抬起头，看着章家琦，嘴角上挑，勾勒出一个很好看的弧度，神色怪异地说道："你可以借我一点钱吗？高利贷也可以。"

"什么？高利贷？雪儿你缺钱吗？"曾馨一脸关心地问道。

姚雪儿并没有回答曾馨，只是淡淡地看着章家琦。

"可以！"章家琦应道，紧接着深吸了口气，淡然说道："我先加你微信吧，一会你把支付宝账号发我。高利贷就算了，你想什么时候还都可以。"

"是么？有钱人，还真是随便呢。"姚雪儿嘲讽地说了句，拿出手机打开二维码，让章家琦自己扫。

离开女生宿舍后，章家琦径直来到搏击俱乐部。此时，他的心中有一团压抑许久的怒火，他需要发泄，需要毫不保留地发泄出自己的郁闷、愤懑和思念！

凭什么你可以对我这种态度？！

凭什么你要对我这样不理不睬？！

凭什么我要对你这般的思念？！

章家琦很苦恼，很憋屈！从那一次告白之后，章家琦越来越觉得自己的脑子里总是出现姚雪儿的身影，那天使般的面孔，魔鬼般的性格！

"你是故意的么？是故意气我么？"章家琦有些愤怒，嘴角上翘，闪过一抹冷笑，不屑道："借钱？还高利贷都可以？！你这个混账女人，到底要无视我到什么地步？"

俱乐部内，几个学生练完拳击穿好衣服走出去，只剩章家琦一个人留在台上，对着沙袋一直打，一直打……

"砰砰砰砰！"拳头打在沙袋上的声音不绝于耳，章家琦的拳头一浪接过一浪，全数落在沙袋上！

"轰！"在一声沉重的闷响声中，章家琦仰面倒在擂台上，汗水滑入眼眶，他的视线变得有些模糊。

突然，章家琦腾地站起身，挥手甩掉拳套，像是做了某个重大的决定一般，沉声对自己说道："不行！我不可以继续被这个可恶的女人牵着鼻子！我要主动，要主动进攻！不仅要让她在我面前低下她高傲的头颅，还要毫无保留地接受我对她的关心，承认我在她心中的地位！"

# 第十八章　再次提醒

张美姣：爱情是什么，不过是资本与另一个资本的交换罢了。

中午，曾馨、徐兰兰、张美姣在食堂一边吃饭，一边闲聊。正聊得开心，曾馨看到章家琦端着餐盘左顾右盼地在人群中找座位，就兴奋地向他打招呼："章家琦，过来坐。"

章家琦看到曾馨招呼，就端着餐盘向曾馨走过来，坐在张美姣旁边的空位置上，张美姣下意识地往边上挪了挪。

"你们在聊什么呢？这么开心。"章家琦一脸不解地问道。

"姚雪儿，我们在聊姚雪儿。"徐兰兰激动地回答道。

"对，我们在聊姚雪儿，你不知道，家琦哥哥，姚雪儿真的是个妖精，把我们班同学都带坏了！现在我们班的逃课率比其他班高出三倍哦！尤其是王乐、邵杰他们两个网瘾少年，现在天天在宿舍玩游戏，可以两周不出门哦！"曾馨笑容灿烂地补充道。

"哦？"章家琦有些疑惑，他想不到姚雪儿对周围的人有这么大的影响力。

为了正确表达姚雪儿的过人之处，曾馨继续补充道："真的！雪儿真是个妖精！她一学期都在逃课，过着近乎堕落的生活，期末还能好几科拿全班第一！上学期680分过英语四级，这学期690分过六级！大神！还有还有，本来她该拿我们班一等奖学金的——"

"你猜，她说什么？"徐兰兰忍不住插话道："她说，我逃课太多，就不参加班里的奖学金评选了，我退出。结果，让我捡了个便宜，本来我是三等奖的，却拿了个二等奖。"

张美姣坐在边上一直没有说话，她的表情有些奇怪。

自从看到章家琦的第一眼，她就喜欢上这个又帅又酷的男孩。可是她心里很明白，虽然此刻她和章家琦相邻而坐，但他们中间隔着整个银河系的距离。

每次见到章家琦，她都会心跳加速，就像是少女的初恋，但她小心翼翼地隐藏着这份自卑的暗恋。她想，爱情是什么，不过是资本与另一个资本的交换罢了，而我张美姣有什么资本？什么都没有，我要拿什么去爱他？姚雪儿的"资本论"，其实好正确……

曾馨显然看出了张美姣和平时不同，于是顺势把话题转移到张美姣身上："这不是重点，重点是我们美姣拿了一等奖！一等奖啊！美姣你好厉害。"

"所以，今天她俩请客，我一个人宰她们两个。"曾馨忍不住转头看章家琦的反应。

见章家琦没有什么反应，曾馨便从书包里掏出一本书，在大家面前晃了晃，故作神秘地说："你们猜这是什么？昨天，我终于看到姚雪儿的书了，我看她床上放了好几本，有些好奇，就顺势拿了一本来看看。家琦哥哥，你有没有兴趣拜读一下？"

"我也偷偷看了。"徐兰兰一边嚼着食物一边抢着说："看了她的书，我开始有点崇拜她了，她真是女韩寒。"

"女韩寒？确定不是女郭敬明吗？"章家琦接过曾馨手里的书，随意翻动一下，嘀咕道："她那么爱钱。"

章家琦对姚雪儿的质疑，并没有让张美姣眉头舒展，反倒令她心里多了一丝愁绪。张美姣是敏感的，她感觉到自己心爱的男生，心里已经有了姚雪儿的位置。

"家琦哥哥，你好坏，你怎么可以这样说雪儿呢。"曾馨伸手佯装要打章家琦，忽然想到姚雪儿之前跟章家琦提过要借高利贷的事情，便忍不住问："对了，家琦哥哥，你不会真的借高利贷给雪儿了吧？"

章家琦看着手中的书，皱了皱眉头，答非所问道："我真的搞不清楚这个女人的脑袋里到底装了什么。不过，这本书可以暂时借我看吗？"

曾馨抗议道："家琦哥哥！什么'女人'！人家雪儿比我还小呢！"

章家琦笑。

这时，邹凯旋和邵杰、王乐准备离开食堂，恰巧经过曾馨这一桌，大家相互打了招呼。

邹凯旋问道："曾馨，家琦，下午还一起打球吗？"

"好啊！"曾馨毫不犹豫地回答。

"我下午还有事，你们打吧。"章家琦略显无奈道。

"你不来，前锋可就没人打了。"邹凯旋明知道章家琦没空打球，却还极力邀请，一看便是醉翁之意不在酒。

"凯旋，你别这样啦，家琦不能来，我是一定会到场给你们加油的。"曾馨帮着章家琦解围道。

"那好吧，家琦不能来，你可说定了，一定要来啊。"邹凯旋脸上一副依依不舍的样子，心里却乐开了花。

说完，邹凯旋和邵杰、王乐就往食堂门口走。他们没走几步，章家琦想到邹凯旋要参加学生会竞选的事，便追上邹凯旋道："对了，凯旋，听说你要竞选学生会副主席，欢迎加盟。"

在回宿舍的路上，张美姣附在曾馨的耳边小声说道："曾馨，你平时可要多注意一下姚雪儿。"

"为什么呀？"曾馨被张美姣说得云里雾里。旁边的徐兰兰也期待着张美姣说出下文。

"因为……因为……"张美姣面露难色，似乎想说什么，却改口道："哎呀，也没什么啦，反正你多注意就是了嘛。"

曾馨、徐兰兰和张美姣手挽着手走出了一段路。曾馨突然转头奇怪地看着张美姣："哎，我说美姣，我忽然发现了一个问题，为什么每次只要家琦哥哥在场，你就一句话都不说，你这张嘴平时可不是这样的啊。"

张美姣娇羞地低下头，这更加引起曾馨的好奇，曾馨恶作剧地低头看着张美姣涨红的脸，问道："你该不会是喜欢我家琦哥哥吧？"

"你瞎说什么呢？怎么可能啊。"张美姣的头埋得更低了。

"其实，你喜欢家琦哥哥也没关系啦。他这么帅，人又好，还是学生会主席，喜欢他的人肯定很多。别说女孩子，估计很多男孩子对他也是刮目相看的。"曾馨骄傲地说道。

是啊，他长得这么帅，人又好，还是学生会主席，又是校草，喜欢他的人肯定很多呢，我还痴心妄想什么？

张美姣苦涩地笑了笑，若有所思地看着灰蒙蒙的天空，语气平淡地说道："这学期，我也要搬出去住了！"

"啊，为什么？"曾馨和徐兰兰问她。

"我弟弟要来北京上学，我得照顾他。"张美姣说。

"美姣，我有点舍不得你。"曾馨紧紧拉着张美姣的，一副依依不舍的样子。

"你们两个都搬出去住，宿舍越来越不热闹了，起初姚雪儿不在宿舍，也只是三缺一，现在你也要搬出去，我和曾馨就变成比翼双飞了。要是哪一天曾馨也走了，我岂不是成了1320的孤家寡人啦？"徐兰兰在边上打趣道。

"别这么说，我会经常回来的。"张美姣心事重重地说道："之前我已经向学校申请勤工俭学，另外还找了三份兼职，现在我弟弟要来，我都不知道怎么办。"

曾馨想了想道："这样吧，我让家琦哥哥帮帮忙，帮你找一份稳定一点而且工资高一点的兼职，你看怎么样？"

"这样可以吗，会不会麻烦人家啊？"张美姣有些不好意思，心中却是既期待又担心。

# 第十九章　邻居

**因为她姚雪儿，深深地理解那种仇视……**

距离 XX 大学不远的一个出租屋内。

张美姣拖着行李搬进这栋公寓的最后一间空房，这是最拐角处最小的房间，房内摆上两张小小的单人床和一个简易衣橱后，几乎就没有什么空间了。还好，还好这房间有窗户，窗户外面还有一条横着的水泥台可以摆放几盆小花小草，算是有一点阳台的感觉。

张美姣觉得：这在北京，已经是太奢侈太奢侈了。

因为弟弟小，还在长身体，他不能住没有阳光的地下室。

房东敲门，手中举着两块花布，"哎，你跟弟弟一起住，女孩子不方便，给，床边挂个帘子。"

张美姣连声称谢。

张美姣从楼下被人废弃的一堆东西里挑出来一张很旧的小桌子和一把很旧的椅子，拿抹布擦得干干净净，她给弟弟用的。在小桌上，摆放着一个书包和一些日用品。显然，这些都是张美姣给弟弟准备的。

此时，张美姣正在走廊上整理垃圾。忽然她听到嘎吱一声，隔壁的房门打开，一个熟悉的人影走出来。

姚雪儿并未发现张美姣，她一边锁门，一边拿着手机跟人通话："嘿，爸，我是说真的，你还不相信自己的女儿？我现在已经有四五个男生了，还都是大三大四的——"

"姚雪儿！"张美姣一脸的错愕，惊得下巴都快掉了下来。

"哎——"姚雪儿下意识地应了声，回过头，看见正一脸傻兮兮看着自己的张美姣，眨巴眨巴了下眼睛，也跟着一脸吃惊地道："你搬来这儿住？"说完，却又不以为然，貌似学校附近并没有很多出租屋，而且能够在各方面都合适自己和张美姣的更是少之又少。

想到这，姚雪儿的嘴角露出一抹善意的微笑，说道："哦，我们碰巧是邻居！先走了。"

张美姣愣愣地看着姚雪儿，一时间惊得说不出话来！

姚雪儿倒是丝毫未将这件事放在心上，继续对着手机讲道："没有，爸爸，我刚从我屋里出来，你说巧不巧，我寝室同学正好也搬过来了，跟她打招呼，她凑巧住我隔壁呢！"

张美姣眨了眨眼睛，看着隔壁姚雪儿刚才走出的房间，再看了看姚雪儿的背影，一脸不解地道："啊，她不是被人包养了吗？啊？难道就在这儿？！"


张美强——张美姣的弟弟，一个怯懦的孩子，与大多数从农村里初来大城市的孩子无异，一脸懵懂，听话且朴实。

在张美姣外出兼职的时候，张美强放了学，总是一个人乖巧地留在屋内，要么做作业，要么对着窗外发呆，安静地等着姐姐回来。

张美姣近段时间很忙，原本就勤工俭学、四处兼职的她，现在更加拼命了！张美强的到来给张美姣柔弱的肩膀又增添了一笔负担。

她没得选择。

出生在社会底层的孩子所能做的，除了拼命赚钱，用一笔笔微薄的收入照顾自己，照顾家人，还能干什么！

姚雪儿回到出租屋内，经过走廊时，她透过窗户看到张美强。此时，张美强正一个人在屋内写作业。稚气的脸蛋，朴素的衣着，让姚雪儿心中一动。

看了下手机，已经到了吃饭的时间。姚雪儿轻轻推门，探头进来，对着张美强善意地笑了笑。

张美强一脸懵懂地抬起头，看着眼前这个陌生的漂亮姐姐，神情有些不太自然。

姚雪儿面带微笑，柔声说道："你是张美姣的弟弟吧？"

张美强依然是一脸的懵懂，点了点头，却不敢接话。

"好可爱——"姚雪儿嘴角上挑，微微一笑，眼中闪过一丝狡黠的光芒，微笑道："姐姐有好吃的，要不要过来吃？"

姚雪儿带着张美强回到屋内，打开冰箱，酸奶、果汁、三明治、面包拿了一堆出来放桌子上。

张美强眼巴巴地看着桌上的食物，先是咽了咽口水，接着看了看姚雪儿，一副想吃却又不敢吃的模样。

姚雪儿看着张美强，嘴角露出一抹笑意，亲切地说道："你一点都不像你姐姐啊！看你瘦的！赶紧吃吧，多吃点！给，这个奶酪最补钙了，能让你长高长结实，有力气！"说话间，姚雪儿还不忘伸手捏了捏张美强的小胳膊。

张美强很乖巧，或许是真的饿了，又或是觉得姚雪儿很亲切，短暂的不适后，便不再客气，伸手接过姚雪儿递过来的奶酪，便大口大口地吃起来。

"慢点吃，别着急。"看着张美强狼吞虎咽的模样，姚雪儿有些心疼地问道："你姐姐是不是忙赚钱顾不上你？以后我只要在，你就过来我这边吃好不好？"

张美强眨巴着水灵灵的大眼睛，拼命将嘴里的食物咽下去，这才点了点头应道："好。"

"嗯。"姚雪儿甜甜一笑，说道："来，喝点果汁，放心，你姐姐这个时间在勤工俭学，一时回不来！"

"唔。"张美强应了声，没说话。

姚雪儿仔细地看着张美强，端详了片刻后，撇了撇嘴说道："你一点不像你姐姐。"

闻言，张美强又将口中的食物咽下后，才说道："我不是我姐姐的亲弟弟，我是收养的，我们妈妈去世了，我们爸爸打工受伤了，我姐姐就把我接过来上学，因为我爸爸现在什么都做不了，不能送我上学，也做不了饭，照顾不了我。"

"啊？"姚雪儿一脸惊骇地看着张美强，有些错愕地问道："你是收养的？张美姣不是你亲姐姐？"

"唔。"张美强边吃着，便含糊地应了声。

姚雪儿伸手摸了摸张美强的小脑袋，有些心疼，有些无奈。

一直以来，相比曾馨和徐兰兰，姚雪儿并不排斥张美姣。即便姚雪儿知道张美姣对自己有误解，甚至仇视，但自始至终，姚雪儿并没有将张美姣摆在对立面。

一来，张美姣跟姚雪儿一样，都是来自农村，属于社会底层的草根。二来，张美姣跟姚雪儿一样，都在为了家人，为了生计而忙碌和奋斗。

有一天，姚雪儿又想起小学开始自己一直在读的《红楼梦》，忽然她觉得，她和张美姣，宛如《红楼梦》中的林黛玉和晴雯，一个是另一个的影子。

也正因为如此，虽然姚雪儿一直知道张美姣讨厌自己，但她也只是淡然一笑罢了：自己虽然号称零资本的革命者，可是与张美姣相比——一个傻乎乎以为勤奋肯干就能摆脱困境实现理想的苦孩子，自己要好多了。

姚雪儿越是知道张美姣恨自己，就越同情这个张美姣。

因为她，深深地理解那种仇视……

不过都是——姚雪儿看着眼前的张美强，我们不过都是这世界上许许多多可怜的孩子罢了。

"呃——"张美强吃得太饱都打饱嗝了。坐在小凳子上，一边摸着圆鼓鼓的小肚子，一边抬头打量姚雪儿的大房间，除了这张小桌子，屋子里还有一张奢侈的大桌子，上面放着漂亮的大屏幕电脑，电脑对面墙上挂着许多漂亮的衣服，还有好多泳衣、面具……让他眼花缭乱。

## 第二十章　弟弟，姐姐

**那正是因为，姚雪儿她早给自己贴好了"弱者"的标签啊！**

夜幕将至，张美姣带着一身的疲惫准备回出租屋。在楼下，张美姣并没有急着上楼，而是反复做了几个深呼吸，并拍了拍有些疲态的脸蛋，尽可能地将自己调整到最佳状态，在挤出一丝微笑后，才向楼上走去。

诚然，张美姣是一个好姐姐，好女儿。跟大多数贫苦出身的女生一样，宁可自己受苦受累，也不想让家人看出什么，特别是在这个还年幼的、收养的弟弟面前。

"美强，你猜猜看，姐姐给你带什么好吃的回来啦！"还没进门，张美姣便开心地叫了起来。

张美强一脸欣喜地抬起头，看着张美姣，呆萌地说："姐姐。"

张美姣轻轻一笑，伸手摸了摸张美强的小脑袋，笑道："今天有没有很乖啊？"说完，张美姣将手中的一个袋子放到小桌子上，里面露出几个还有些热气的包子，两碗紫米粥，说道："饿了吧？快吃吧。"

张美强伸手拿起一个包子，细嚼慢咽地吃了起来。

张美姣端来一张小凳子坐在张美强身旁，拿起一个包子有滋有味地吃着，时不时地还不忘对张美强说道："来，多吃点，一边喝粥一边吃，别像上次又噎着。"

"姐姐，你吃吧，我不吃了。"张美强将桌上的包子轻轻地向张美姣推了推，一副索然无味的模样。

"才吃了一个就不吃了？"张美姣吃惊地看着张美强，有些疑惑地说："为什么？我刚跑好远去食堂抢的！晚上很少有包子！你不是最爱吃肉包子？"

张美强低着头，有些不好意思地咧了咧嘴，说道："刚才，我在那边那个漂亮姐姐屋里，已经吃过了，吃了好多好吃的，比肉包子还好吃。"说完，还怯生生地偷瞄了张美姣一眼。

"姐姐？哪个姐姐？"张美姣一脸疑惑，突然脸色一变，惊道："啊！姚雪儿？你为什么跑她那儿去？以后，不准去她屋！"说完，还不忘狠狠地瞪了张美强一眼。

"为什么？她不是你同学，还是一个宿舍的？"张美强一脸懵懂状，似乎在极力争取某些自由的权利。

"不是——是！"张美姣有些生气，甚至有些前言不搭后语。最后，张美姣有些恼怒地道："总之，她是个坏女孩！"

张美姣不知道自己该怎样跟张美强去解释什么是坏女孩，也不知道怎样才能让他明白自己不让他接近姚雪儿的理由。但张美姣明白，自己是为了张美强好，张美强现在必须听自己的，也只能听自己的！

张美强愣愣地看着张美姣，他不明白姐姐为什么会突然这么生气，更没办法理解为什么姐姐会说隔壁姐姐是一个坏女孩。至少，在张美强眼中，隔壁姐姐跟姐姐一样，都是对自己很好的好姐姐。

见张美强傻愣愣地看着自己，张美姣伸手点了点他的脑袋，佯怒道："听见没有？张美强你听不听我的话？"

张美强低着头，瘪了瘪嘴，有些委屈地说道："听见了！"


又过了几日，张美强背一个破书包，蔫头蔫脑走上楼来，走到房门前，用挂在脖子上的钥匙开门。

听到隔壁的开门声，姚雪儿知道这个点肯定是张美强回来了，正好今天买了两块爱巴黎的蛋糕，打算叫张美强过来一起吃。

姚雪儿先是敲了敲门，这才面带微笑地推开门，走了进去。见张美强正低着头写作业，姚雪儿蹑手蹑脚地走到张美强身边，笑道："哎，张美强！"

张美强一脸茫然地抬头，看着她，不说话。

姚雪儿伸手捏了捏张美强的小脸蛋，甜甜地笑道："来，姐姐有好吃的，饿不饿？"

张美强摇摇头，依然一脸茫然地看着她。

直到这时，姚雪儿突然发现，张美强的眼圈有些泛红，脸上更有些泪痕。虽然张美强已经擦拭过，但仔细看还是能够看得出来。

这是怎么了？

姚雪儿不解，有些狐疑地问道："嗯？怎么了，弟弟，心情不好？"

张美强低下头继续写作业，但嘴上却轻轻地应了声："嗯。"

姚雪儿半蹲下身子，仔细地看着张美强，最后盯着他的脸，皱了皱眉，问道："怎么了？在学校被坏孩子欺负了？"

闻言，张美强像是被戳中了心事一般，吃惊地抬眼皮看看姚雪儿，然后又低下头。

"嘿，看样子我猜对了！"姚雪儿诡秘地笑了笑，语气有些怪异地说道："来，告诉姐姐，是谁敢欺负我弟弟？"

张美强脸上浮现出一种迷茫、惧怕的神色。但最终，还是经不住姚雪儿的连哄带骗，将事情原原本本、详详细细地说了。

了解事情的整个经过后，姚雪儿眼中闪现出一抹怒色。

这摆明着就是城里人欺负乡下人啊！

敲诈，勒索，踩人家的书包，还动手打人！这还了得？往浅点说，这是对方的父母过于纵容，对孩子缺乏管教。但要是往深了说，这根本就是社会阶级衍生出来的典型负面教材，渣滓！毒瘤！

"他不让我告诉老师，他说他爸爸是大老板，就算班主任见到他爸爸也都是客客气气的。我要告诉老师的话，他会打我打得更凶。"张美强撇着嘴，一副欲哭无泪的模样。

张美强的双手在衣襟上不停转着，拧着，似乎是借此来抵抗心中的紧张和惧意。

姚雪儿心疼地摸了摸张美强的脑袋，没由来的，眼眶有些泛红。或许是女人的天性吧，姚雪儿可以对任何人冷言冷语，将所有的事都不放在心上。但，现在，竟然有人要欺负张美强，不，她姚雪儿可见不得张美强受委屈！

而张美强呢——姚雪儿看着张美强，她早听说北京有些小学比较乱，有严重的校园霸凌现象，张美姣是通过学校学工部的老师热心帮忙，这才把张美强弄到北京来借读。张美强能去借读的小学是什么样的，姚雪儿是可以想象的。

"放心，明天姐姐到你学校去一趟！你这样——记住，这件事千万不能告诉任何人，包括你姐姐，明白了吗？"姚雪儿缓缓说道，并反复叮嘱张美强不能告诉任何人。

张美强茫然地点着头，并保证绝对不会说出去。

# 第二十一章　"黑道女"出头

　　**姚雪儿：狗眼看人低也是一种资本的较量——如果你比他有钱，有权，有力气，反正只要你比他强，你就不会受欺负了。**

　　XX 小学，大门保安面色迟疑地探出脑袋，对着眼前三个年轻人说道："你们有什么事？这里是学校，不是你们该来的地方！"

　　"保安大哥你好！我来找我弟弟张美强，三年级 12 班的！"姚雪儿面带微笑，一脸诚恳地说着，身后还跟着两个又高又壮的男孩，三个人都戴着墨镜站在保安室门外。

　　保安面露疑色，上下打量眼前三个人，最后撇了撇嘴，说道："你一个人进去，他们俩不能进！"

"为什么？！"姚雪儿一脸不忿，这两位可是她特地邀请来助阵的，居然还没派上用场就直接被 KO 了？

"进不进？不进我关门了！"保安一脸的不耐烦。

"好，我进！"姚雪儿无奈，对身后两个男生说道："你们在这等我一下，我自己一个人进去就可以了。"

两个男生耸了耸肩。

学校洗手间内，姚雪儿站在角落处，悠闲地看着窗外。

这里，是姚雪儿跟张美强约好的地方。一会儿张美强要带着昨天在这里敲诈他的那个名叫黑皮的男生过来。

"张美强！钱带来了吗？！"果然，不一会儿，洗手间外响起了一个语气嚣张却还带着稚气的声音。

"带了，你进来，进来我给你钱，我藏小裤衩里面了，怎么拿啊。"这声音显然是张美强的。虽然他也不知道为什么自己就相信隔壁那个姐姐会帮自己出头，但没由来的，张美强就是选择相信她。

黑皮大摇大摆走进来，态度嚣张地说道："赶紧给我拿出来，要不然……"

张美强站好，扭回头来，语气有些愤懑地说道："要不然怎么着？"

"怎么着？嘿嘿……"黑皮咧了咧嘴冷笑了声，一脸嚣张地说道："当然是揍你，比上次揍得还厉害，等下我把他们都喊来，叫他们踩住你脑袋，让你喊我大爷！"

闻言，张美强有些怂了，毕竟是从农村里刚出来的孩子，在胆量上始终差一些。张美强语气渐渐软弱下来，小声说道："可是我今天真的没带，我没有钱。"

"什么？"黑皮不信，上来就要掏张美强的口袋。

"干什么？我真的没钱！"张美强躲闪着，脸上已经露出惊恐的神色。

"你耍我！"黑皮很愤怒，抡起拳头就要动手打他。

张美强顿时脸色一白，泪水在眼眶中直打转。

"嘿，住手！"就在这时，一声响亮且带着几分戏谑的声音响起。

黑皮吓一跳，回头一看，一个美丽妖娆、身穿黑色连身裤、戴着墨镜、踩着高跟鞋的女孩，从角落走出来。

姚雪儿甜甜地笑着，即使隔着墨镜，黑皮也感觉到那张美丽的脸蛋笑得很甜。

"黑皮哇！你好！"说话间，姚雪儿向黑皮伸出手。

黑皮有些诧异地看着眼前这位墨镜美女，咽了一口口水——下意识地伸出手。

姚雪儿却是嘴角一挑，伸出去的手猛然换了方向，捏向他的下巴。然后手上的力道慢慢加重，加重，再加重。

"唔！"黑皮的脸庞疼得有些扭曲。但不得不说，这黑皮还真有做坏学生的天赋，即便在这种情况下，仍能抡起拳头向姚雪儿展开反击！

可惜，姚雪儿不是张美强，更不是三年级的小学生！一伸手便捏住了黑皮的拳头，化解了他的攻击。

"哼！"黑皮冷笑了声，另一只拳头又向姚雪儿挥来。

姚雪儿早有准备，松开捏住黑皮下巴的手，再一把捏住黑皮挥过来的拳头！紧接着，两只手同时发力！

黑皮顿时脸色一红，疼得要叫——

姚雪儿两眼一瞪，继续加重手上的力气，并喝道："不准叫——再叫捏死你！"

黑皮的声音顿时变成呜哩呜喇的呻吟。

见状，姚雪儿的嘴角微微挑起，幽幽地说道："这都是不会见伤痕的地方——疼吗？"说着，还特意将脸向黑皮凑近，嘴角划过一抹诡异的笑容。

黑皮张了张嘴，又要叫——

姚雪儿丝毫不留余地，手劲再次加重，低声喝道："再叫就捏死你！"

黑皮的呻吟挤在喉咙里——

见状，姚雪儿这才稍稍放松，沉声道："说，为什么欺负同学？为什么欺负张美强？"

黑皮哭丧着脸，此时哪里还有方才的嚣张与霸气，在姚雪儿这一番以大欺小的折磨下，眼泪都要流下来了，急忙讨饶说道："姐姐！漂亮姐姐！撒手！以后再也不敢了……"

姚雪儿缓缓地向黑皮靠近，鼻梁上的墨镜几乎压在他眼睛上，冷笑道："看你长得挺结实的，刚又那么横——真的有这么疼吗？"

黑皮低声哀号道："疼——姐姐——神仙姐姐——疼——"

姚雪儿嘴角微微上挑，冷笑道："那你打张美强干什么？是不是你看他傻，他没有痛觉神经？"

黑皮又是一阵哀号，求饶道："我错了，神仙姐姐，饶命……"

姚雪儿笑了笑，松开手，揶揄道："你也怕疼，是疼——我不知道吗？"说着，姚雪儿甩甩手指，皱了皱眉头，不满道："咦，好疼！"忽然脸又凑上来，在墨镜后两眼一瞪，紧盯着黑皮，问道："哎，你为什么把我的手捏得这么疼？！"紧接着又伸手，将黑皮的手捏住。

黑皮瞬间疼得眼泪哗哗地流出，泪流满面道："姐姐——神仙姐姐——我以后再也不欺负张美强了。"

姚雪儿嘴角上挑，冷笑了声，玩味地说道："嘻嘻，真懂事。"说话间，姚雪儿拍了拍黑皮的脑袋，继续道："这么聪明，一会儿去办公室，告诉老师，刚才张美强姐姐欺负你了哈——或者告诉保安，校长，家长都行"。

黑皮愣了——泪汪汪地看着眼前的神仙姐姐，一脸茫然的神情。

姚雪儿敲了敲他的脑袋，突然神情一变，喝道："说！是不是一会儿去告诉老师，告诉家长！"

"不，不是，不是！"黑皮立刻将脑袋摇得像拨浪鼓一般，心道：这大人的世界怎么这么复杂，你就说不能告诉老师和家长不就完了吗？

姚雪儿满意地点点头，伸手到后袋里掏出一张证件，蹭地举到黑皮眼前，一脸傲慢地说道："黑皮，你看看，这是什么？"

黑皮脸色再变！嘴巴长得大大的，像是见了鬼一般，喃喃道："警，警官证……"

姚雪儿嘴角一挑，脸上露出一抹得意之色，继续"教育"道："嘿，认识字啊！对了！记住，姐姐是警察，北京市特警队的，知道什么是特警？专门管黑社会的。"说着，姚雪儿又是拍了下黑皮的脑袋，继续道："什么是黑社会，你知道吗？以后，要是你再敢欺负张美强一次，记住，姐姐一定会来找你的，而且——"说到这时，姚雪儿再次弯腰，将脸贴近黑皮的耳边，语气怪异地说道："我要是下一次再来，我会很烦的哦，因为姐姐工作很忙的，你还烦我，你可真不懂事——姐姐生了气，会怎么样？"

黑皮吓得往后躲，此时此刻，他连死的心都快有了！早知道如此，借他十个熊心豹子胆也不敢欺负张美强啊！

见黑皮一脸惶恐地站着不说话，姚雪儿脸上的笑意更浓了，继续阴阳怪气地说道："姐姐生了气，就会——这样，抓住你的胳膊，这样，扭，再扭，再扭，扭到这个角度——是不是已经很疼了？对，这个角度，就不能再扭了，因为已经很疼了——为什么会这么疼？因为，因为你肩部关节已经扭到最后的极限了，如果这样，再扭，如果我，咔！一声！忽然一使劲！咔！一扭！你的小胳膊跟肩部的关节，就会，咔！咔吧！被拗断下来！你，就惨了——会很惨——姐姐做特警，在外面这样抓流氓，都抓过很多回了，每次那些大流氓都疼得喊亲妈——就这样，知道吗，胳膊就扭掉了，关节，就咔！断了！知道了吗，黑皮？"

黑皮如捣蒜般点头，惶恐地看着眼前的特警姐姐。

姚雪儿两手捏着"警官证"，低下头，一副抑郁的样子，叹了口气，幽幽地说："真的，要是你管不住嘴巴，回去跟你爸妈或任何人说，然后他们去公安局投诉我，要那样，我警察就干不成了，那我没办法，我只好学黑社会老大，我就回来找你，然后呢，嘿嘿，你猜，姐姐要做了黑社会，再揍你的话，还会不会像现在这样文明呢？！黑社会！你看过黑社会的电影吗？黑社会是很黑的，收拾人一定得流血的，他们是直接拿刀砍胳膊的，要么把你绑起来，放狼狗咬你的肥肥屁股，要么直接拿刀子切舌头——我说的，对吗？”

黑皮早被吓傻了，双腿巍巍颤抖着，就差没当场尿裤子，忙不迭地应道：“对！对！姐姐，我再也不敢了！”

姚雪儿有些怜悯地看着黑皮，毫无疑问，以后别说是张美强了，其他学生他也不敢再欺负了。

姚雪儿是有些愧疚，这小子坏是坏了点，但终究还是个孩子。

想到此，姚雪儿不由地拍了拍黑皮的肩膀，语气缓和道：“这样，黑皮，你不要伤心了，让我看看哈——你长这么结实，你好好学习，也学学好！你以后，跟我到特警队，当特警，怎么样？”

说完，姚雪儿带着张美强扬长而去，偌大的洗手间内只留下黑皮傻傻地看着两人的背影，品味着这位特警姐姐说的话。

校园内，张美强昂首挺胸与姚雪儿并肩而行。

姚雪儿用眼角的余光瞥了眼张美强，嘴角微微挑起，轻笑道：“记住，小孩也有狗眼看人低——狗眼看人低也是一种资本的较量——如果你比他有钱，有权，有力气，反正只要你比他强，你就不会受欺负了。张美强，你现在什么都没有，那至少要好好学习，每次都考第一，知道吗？"

"嗯！"张美强点了点头，一脸崇拜地看着姚雪儿，应道："好的，姐姐！"

# 第二十二章　深藏不露

**张美姣：姚雪儿，反正你的钱来得比较容易……**

XX 大学，学院内。

曾馨、徐兰兰、邹凯旋、邵杰一起走出教学楼。

曾馨一脸玩味地看着邵杰，调侃道："咦，今天雪儿不是没来吗？居然也能看到邵杰来上课，不容易哦。"说完，还不忘对着邵杰做鬼脸。

邵杰脸色微红，挠了挠头，有些尴尬地傻笑，却不说话。

邹凯旋对曾馨偷偷使了个眼色，示意曾馨不要再说下去。徐兰兰也偷偷拉一下曾馨的衣角，想要制止。

"嘻嘻。"曾馨吐了吐舌头，不再继续。

"嗡！"震动声响起，曾馨拿出手机看了眼，嬉笑道："哦，学生会主席章家琦的电话！"说话间，眼中带笑地看着邹凯旋，说道："哎，邹凯旋你不是要竞选学生会副主席？我跟徐兰兰去给你当啦啦队。"

说完，却是不等邹凯旋接话，自顾自地将手机贴在耳边，说道："嗨，家琦哥哥，主席，什么事？"

手机里，章家琦略带磁性的声音响起："曾馨，有一件事情你肯定听说了，你们生物工程那位白血病的同学这几天在募捐，明天最后一天了，还有好几万的差额，你现在是新晋校花……"

没等章家琦说完，曾馨便花枝乱颤地笑道："胡说！新晋校花是姚雪儿好不好！"

手机里，章家琦的声音顿了顿，继续道："你最近在校园人气不错，现在需要你挺身而出。"

"好吧，好吧，既然家琦哥哥都开口了，那小女子就只能恭敬不如从命咯。"曾馨笑嘻嘻地答应了下来。

这一幕，邹凯旋自然看在眼里，但也只能是看在眼里。


校区内，张美姣做完勤工俭学，背着书包呼呼往校门口跑。

不远处，十字路口，曾馨、邹凯旋带着一群人在大声喊人捐款。

旁边竖着的牌子上写着"……身患白血病，急需骨髓移植手术，请献出您的爱心……"字样。

曾馨同邹凯旋人手一个小扩音器，扯着脖子喊道："亲爱的同学，请为我们生物工程的廖化捐款，现在离手术金额只有几万元的差额，请伸出你的援手，让我们一起帮助我们亲爱的同学！"

见张美姣上气不接下气地跑来帮忙，曾馨一脸欣喜地抓起张美姣的手说道："谢谢你美姣，你那么多兼职很累的，还跑来帮忙，而且你都已经捐过款了！"

张美姣正要说话，可张了张嘴，却又突然停了下来，眼神怪异地看着曾馨身后，只见一个脚踩着一辆电动平衡车的女孩，施施然而来。

曾馨顺着张美姣的目光看去，一见来人是姚雪儿，又是兴奋地向前问道："哎，雪儿！你也来捐款吗？"

张美姣看着姚雪儿，眼中闪过一抹不屑之色，腹诽道：一个像她这样爱钱如命的人怎么可能会捐款？哼！就算要捐也就是随便捐几块钱意思意思吧。

"对啊！姚雪儿，反正你的钱来得比较容易，就多帮帮同学吧。"张美姣笑着，丝毫不掩饰她的嘲讽和敌意。

姚雪儿戴着耳麦，虽然知道曾馨和张美姣在和她说话，也知道她们在说什么，但并没有打算去辩驳，只是眼神淡漠地看了眼张美姣，接着又看了看其他人，走到桌子前把背包放下，拉开背包。

同时，姚雪儿继续对着耳麦说道："是啊，爸爸，你放心，我已经到这儿了，放心吧，哪有什么抢劫犯，都是我们班自己同学。"

"哎，家琦哥哥你来了！"不远处，曾馨见章家琦正朝这边走过来，急忙向章家琦挥手。

章家琦一路小跑过来，笑着说道："我来跟你们一起喊，还差多少？还有，因为这个事情，我们学生会刚跟学工会、学校领导见面了，为你们所有新生争取到免费体检的机会。"

闻言，曾馨拿起桌上的记录本跟计算器快速算了起来，说道："好啊！还差4万多吧，不过，都是最后一天了，没有多少人关注了……"说到最后，一向天真活泼的曾馨不禁有些气馁。

忽然，眼前发生了让他们瞠目结舌的一幕！

姚雪儿从包里往外一捆一捆地掏钞票。虽然知道周围的人都在看着自己，但姚雪儿却丝毫不在意，继续与手机那头通话道："可能是吧，我听说就差四万多，我问问我同学。"说完，姚雪儿顿了顿，将五叠钞票放在桌上，扭头向曾馨问道："五万，够吗？"

曾馨和徐兰兰一脸吃惊地看着姚雪儿，激动的心都快跳到嗓子眼了，忙不迭地说道："够，够了！"

"雪儿你哪儿来那么多钱？"曾馨一把抓住姚雪儿的手，感动得快哭了。

姚雪儿嘴角微微上挑，轻笑了笑，淡淡地说道："也就这些，再没有了！"说着，转身就要离开，却瞬间看见一旁的章家琦，语气冷淡地说道："你的钱和利息我已经微信转给你了，你查收下！"说完，便一脚踩上电动平衡车扬长而去。

"哎，雪儿，你忘了签字——"曾馨拿着笔记本叫道。

姚雪儿头也不回地应道："不用了。哦，我匿名的，请不要公布我名字，不要侵犯我姓名权。"说完，姚雪儿继续对着手机说道："爸爸，我同学让我写下自己名字，我不写……嗯……嗯……"

曾馨一脸激动地望着姚雪儿的背影，神情夸张地将双拳抱在胸前，说道："哦，姚雪儿，我好崇拜你！家琦哥哥！"说着，上前一把抱住章家琦，紧接着又抱住张美姣和徐兰兰，继续道："太霸气了，姚雪儿！"

"姚雪儿？"

几乎同一时间，这个名字和问号在他们的心头浮现。章家琦和张美姣注视着姚雪儿离去的背影，电动平衡车上，那个身穿白色连衣长裙，一头长发随风飘散，从一出现就不断带给他们惊喜，拥有着天使般脸庞却兼具魔鬼般性格的女生。

不同的是，章家琦的眼神中是费解与无奈！

而张美姣的眼中充满着不甘和愤懑！

学习上——她张美姣就考不过天天旷课的姚雪儿！

章家琦——这个从不正眼看自己一眼的章家琦，一看到姚雪儿就失魂落魄！

每次见面，都是如此！明明都是草根出身，明明我们应该并排而立！可为什么，为什么你姚雪儿总是在我前面，凭什么总是让我看你的背影！明明我已经很努力，很努力！


中档的露天餐厅内，姚雪儿端着一杯饮料，坐在谭小月对面，犹如邻家妹妹般，微笑着说道："小月姐，今天怎么有空请我吃饭呀？没叫上琳琳和苏禾姐吗？"

"别提了，琳琳加班，小苏今天有课，姐姐我难得有空，想约你们几个吃顿饭都这么难。"谭小月撇了撇嘴，看了看姚雪儿问道："你呢，这段时间在忙什么？"

"我还能忙什么啊，就老样子呗。"姚雪儿吸着饮料，突然古灵精怪地说道："哎，小月姐，还是说说你吧，这段时间你们美家房产没什么爆炸性新闻了吧？"

"新闻倒是有，只不过最近没什么大事发生，所以我才有精力，小丫头，告诉你，最近我在团队优化改革呢。还记得上次你问我为什么不尝试去改革么？我现在就着手在做这件事，而且我已经得到了公司高层的支持，虽然我不知道最终的结果会如何，但是我一定会努力去做，努力在房产中介行业创造出一个'利人、利己、利他'的局面。而且，我打算从最基本的员工培训开始入手，在每个新人加入行业的第一时间就向他们灌输房产销售的"利人、利己、利他"的理念，对待客户，一定要像对待自己的家人一样。"

"小月姐，你一定行的！"姚雪儿微笑着举杯示意。

谭小月看着姚雪儿，"哎，不对，雪儿，上次你那个燕郊的小房子，最近涨价不少呢！小丫头，你投资的手气不错啊！"

"嗯，是吗？"姚雪儿眼波流转，"太好了，哪天我要卖掉它，做点什么事情。"

# 第二十三章　同处一室

张美姣正巧走进了这个教室，目睹了姚雪儿"勾引"章家琦的铁证——

教学楼内，章家琦气喘吁吁地跑上楼梯，就在他要走进教室的一瞬间，突然停了下来。在他的视线中，一道靓丽、熟悉的身影正从对面的走廊向他慢慢地走过来。

纵使人海茫茫，只要她的身影闪现，他的目光总能捕获。

姚雪儿！

章家琦吃一惊，偷偷把手中的书塞进背包里，那是前不久刚从曾馨那儿借来的——姚雪儿中学时出版的《封神》。

"嗨！"章家琦有些茫然地打了个招呼，身体下意识地往边上侧了侧，打算让姚雪儿先过。

姚雪儿眼皮抬了抬，看了他一眼，用几乎只有她自己才听得到的声音应了声："嗨。"

章家琦侧过身，正好挡着教室门口，姚雪儿皱了皱眉头，却也不说话，只是歪着身子，从章家琦留下的缝隙中半挤着走进教室。

"你？"章家琦一脸匪夷所思的神情，愣愣地看着姚雪儿，随后带着满腹的疑问，跟着姚雪儿走进教室，并选了姚雪儿侧后的座位坐下。

随着上课时间临近，教室里的人渐渐多起来。

学生甲："哦，今天这个国际金融课选修的人不少啊！"

学生乙看见姚雪儿，像是发现新大陆一般，好奇道："哦，哦，快看，后面那个，是新校花姚雪儿吗？"

闻言，学生丙歪着身体向后面看了看，顿时来了兴趣道："哦，哦，这个课选对了，看姚雪儿后面，那不是校草章家琦吗？"

学生乙眨巴眨巴着眼睛，狐疑道："哎，他们俩怎么坐在一起？"

学生甲咧了咧嘴，坏笑道："哎，不要说我们主席坏话啊！"

顿时，几个学生像是有了某种默契，一齐掩着嘴偷笑。

此时，隔壁，张美姣在做勤工俭学。

"哼！不就是被人包养吗？有什么好了不起的！就算是这次拿了巨款帮了同学，那也只是为自己造的孽积点德罢了。但依然改变不了你不自爱的事实！"张美姣边擦着桌子，便嘀咕道。

一堂课，无波无澜，姚雪儿听着自己想听的课，章家琦看着自己想看的人！从走进教室，到课程结束，两人没有说过半句话。

下课后，教室内听课的学生三三两两地离开，但姚雪儿没有走，专心坐在课桌上写笔记。

章家琦斜眼看着姚雪儿，渐渐地，嘴角勾勒出一抹充满着得意的笑。

一名学生会的同学走到章家琦身旁，说道："主席，赶紧回去开会了！"

"没事，你们先开着。"章家琦头都没抬一下，视线依然停留在姚雪儿身上，不曾移动。

顺着章家琦的视线，男生看向姚雪儿，顿时会意地对章家琦做手势，随后一脸坏笑地离开。

见教室内已经无人，章家琦站起身，慢慢走到前边，站在姚雪儿的对面，嘴角带着一抹自认为很帅的笑意，说道："怎么这么巧？"

姚雪儿连眼皮都不抬一下，依旧只顾着写笔记，半点没有要理章家琦的意思。

见状，章家琦也不气馁，从容地倒坐在椅子上，面对姚雪儿，继续说道："你怎么也来上这个选修课，你连自己专业课都不上的。"

姚雪儿依旧没有看章家琦一眼，只是在写字的同时淡淡地应道："是几乎从来不上。"

闻言，章家琦嘴角微微挑起，静静地看着姚雪儿写字。

写完笔记，姚雪儿旁若无人般，收拾起纸笔和书包站起身来。直到这时，姚雪儿才正眼看向章家琦，而且看了数秒，紧接着，忽然问道："嗨，我想加入学生会，你能帮忙吗？"说完，姚雪儿没等章家琦回答，又继续补充了句，说道："这样以后我逃课借口就多些。"

章家琦只看着她不说话，嘴角上的笑容依旧。他始终认为，今天姚雪儿来听这堂课，绝对是为了自己而来。当然，章家琦并没有自信到是自己的魅力吸引了姚雪儿，而是猜到姚雪儿必然是有求于自己！所以，章家琦不急！

这可是难得的能让姚雪儿在自己面前服软的机会，章家琦可不想轻易地放过！

见章家琦没答复，姚雪儿也不问第二遍，背起书包就要离开。只是，就在从章家琦身边走过时，姚雪儿却又忽然回头，问道："还有，如果我参加你的搏击俱乐部，你能做我的教练吗？"

就在这时，在隔壁做完卫生的张美姣正巧走进了教室，目睹了姚雪儿"勾引"章家琦的铁证——

夜已深，张美姣简单洗漱过后，小心翼翼拉上窗前的布帘，动作很慢、很轻，生怕吵醒对面的张美强。

"轰！"突然，张美姣听到楼下响起汽车马达的轰鸣声，听起来像跑车的声音。张美姣心头一震，一个奇怪的想法浮现心头。

为了证实自己的猜测，张美姣下意识地窜到窗前。

楼下，一辆敞篷跑车，一个男孩开车，一个女孩和另一个男孩坐在后座上。

女孩下车。

张美姣看了一眼，脸色微变，揉了揉眼睛，生怕自己看错了，待确认自己没看错后，这才皱了皱眉头，嘀咕道："真的是——姚雪儿！两个男的！"

张美姣一脸失神地坐回床上，心中更是肯定了对姚雪儿的判断。包养、二奶、情人等字眼在脑海中闪过。她甚至可以笃定，就连那五万块钱也是通过这样的手段得来的。

想到此，张美姣忍不住嘀咕道："淫乱！"

特别是想到晚上章家琦与姚雪儿独处教室的那一幕，心中更是不忿！张美姣撇了撇嘴，对着呼呼大睡的张美强做手势——继续道："以后再敢跟你的什么漂亮姐姐说一句话，张美强，我撕了你！"

# 第二十四章　较量

**姚雪儿：泼妇吗？你智商也太低了，你知不知道曾经有一名先烈叫刘胡兰！**

校医院。

曾馨、徐兰兰、张美姣三人在 B 超室外面排着长队。

"真好，幸亏我们下午来，他们说上午人山人海的！"曾馨一脸庆幸地说着，脸上挂着招牌般灿烂的微笑。

"还有好多活儿没干完呢！"张美姣撇了撇嘴，有些抱怨地说道："我能吃能睡，能跑能跳的，哪会有什么问题！为什么要体检！"

徐兰兰抿嘴轻笑，说道："还是检查一下好。"

"对啊，你看那个得了白血病的同学，医生说他就是忙高考耽误了检查，现在好危险的。你不来我就不来，逼你来了！免费的！"曾馨笑嘻嘻地说着，丝毫不将张美姣的抱怨当回事。

曾馨就是爱笑，有事也笑，没事也笑，笑啊笑的，一会儿抱抱这个，一会儿搂搂那个，活脱脱一个涉世未深、天真无邪的小丫头。

张美姣看着曾馨，犹豫了片刻，终于忍不住开口："曾馨，你知不知道姚雪儿现在在干什么？你知不知道章家琦在干什么——"

"啊？"曾馨有些诧异地看着张美姣，噘着嘴，笑道："我怎么知道他们在干什么？什么意思？"

"我不知道该怎么跟你说，但是你一定要认真地考虑我的话。看牢章家琦，注意姚雪儿。"说完，张美姣见曾馨还是一脸懵懂的模样，顿时有些头疼地说道："唉，空口无凭的，我也不想多说什么，你要是有空的话，就多留意他们两个吧。"

"美姣，你不会是说姚雪儿和章家琦有那个什么吧？"徐兰兰压低了声音，小声地说着，生怕被别人听到了。

"嘻嘻，怎么可能！家琦哥哥可是跟我从小玩到大的，而且我是他的好妹妹，他要跟雪儿有什么，怎么……怎么可能会不告诉我？"曾馨说着说着，语气开始有些不坚定了。

妈妈之前不就跟我说过，让我少跟姚雪儿接触吗？现在美姣又这么说，而且美姣说这话已经不是一次两次了吧？

"我不知道我该怎么说，但是我希望你明白，我是为你好。"张美姣淡淡地说着，最后像是在顾虑什么，咬了咬牙，又说道："你知道姚雪儿参加搏击俱乐部的事吗？章家琦就是她唯一的教练，是姚雪儿自己要求的。"

"什么？"曾馨这回终于不笑了，不是她不想笑，而是真的笑不出来了！

搏击俱乐部。

章家琦戴着拳击手套抱着双臂坐在高脚椅上，冷峻的脸上隐隐有一丝笑意，看着姚雪儿走进来，就像等待上钩的猎物一样。

"姚雪儿，你知道吗？我很好奇你为什么捐那么多款，你是为了洗白自己吗？"章家琦试探性地问道，以一种居高临下的目光看着姚雪儿。

姚雪儿挑了挑眉毛，也不理他，脱下外套，戴上拳击手套。

"不会是，为了洗刷自己身上的耻辱感？"章家琦继续挑衅，此时此刻，他终于在与姚雪儿的较量中，感觉到找回了自己该有的身份和位置。

姚雪儿依旧没理他，甚至，连看都没看他一眼，自己走到沙袋前，轻轻打出一拳。

　　"喂，以你的个性，不是应该跟我打一架吗？"章家琦傲慢道。

　　姚雪儿没有回话，双拳继续在沙袋上击打。

　　章家琦有点忍不住了，从台上站起身，向着姚雪儿走过来，一脸坏笑道："哎，可以告诉教练你在美少女直播的账号吗？我也，欣赏欣赏。"说到这时，章家琦已经走到姚雪儿的身后，脸上的笑意也更浓了，就连声音都变得有些怪异，继续道："你一般——会在几点脱？"

　　突然，姚雪儿猛地回身，一记飞拳正中章家琦的脸……

　　章家琦咧了咧嘴，轻笑道："啊——够猛啊你！"紧接着，章家琦觉得不对，下意识地伸手摸了摸鼻孔，脑袋轰的一声响起！

　　这混账女人居然一拳把自己打得流鼻血了？！

　　"嘿！"章家琦冷笑一声，伸手便对姚雪儿的脑袋来了一下。

　　姚雪儿愣了愣，脸颊有些发红，也不说话，抡起拳头，便冲着章家琦一拳接一拳地快速出击。

　　"你敢打我！"姚雪儿咬牙道。

　　章家琦后退，同时，一只手忙招架，另一只手忙着擦拭鼻血。听到姚雪儿这突兀的一句话，气极反笑道："嘿，是你打的我！”

姚雪儿不吭声，拳头的速度依旧不减——“你敢打我！”嘴里再次念叨出同样的一句话。

章家琦顿时无语，连连苦笑道：“嘿！你讲不讲理！别打了，嗨，我说别打了。”

此时，章家琦已经翻身跳到台下，擦干净鼻血，转过头来，瞪着姚雪儿。

姚雪儿也是愤怒地瞪着他，不甘示弱！

“你第一天来拜师学艺，就打教练？”章家琦气急败坏地说道。

姚雪儿愤怒地瞪着章家琦，语气冰冷地说道：“你向我道歉吗？”

章家琦一脸冷酷地看着姚雪儿。实际上，这是章家琦有史以来教的第一个狂妄到没边的学员！不仅打教练，还要教练道歉？！这简直荒天下之大谬！

然而这还没完，姚雪儿的下一句话更是差点让章家琦气得吐血！

姚雪儿气鼓鼓地看着章家琦，一脸认真地说道：“你不道歉我就不学了。可是我既然决定了要做的事情，我就一定要做完，所以，你还是向我道歉吧。”

章家琦这回真的是被气笑了，重新跳上擂台，慢慢凑近，审视着姚雪儿的脸，轻蔑地笑道：“我道歉，我真诚地道歉——要不——"说到这里，章家琦语气一变，身体向前一倾，脸庞贴着姚雪儿，坏笑道："我吻你一下如何？我找不到比这更真诚的道歉了，我从来没有吻过女孩子，真的，接吻方面我还是处男，你信不信？"

姚雪儿羞愤地盯着他，身体开始不由自主地向后躲。

章家琦步步紧逼，脸上带着笑意，幽幽地说道："只吻一下额头，还送你一首诗。"说话间，章家琦的脸已经快要碰到姚雪儿。

"Oh, you are like a flower/So fair and pure and blest……"章家琦有些沉醉地念道。

姚雪儿抬头看着他。此时此刻，如果目光能杀人，章家琦绝对当场毙命！

章家琦盯着姚雪儿的眼睛，故作深情地说道：

"I gaze at you, and sadness/Steals softly into my breast/I feel I must lay my hands on/Your forehead with a prayer/That God in Heaven should keep you/So blest and pure and fair."

姚雪儿警惕地看着章家琦，眼神有些不自然……

章家琦嘴角微微上挑，淡淡地说道："海涅的诗，你一定读过——你好像一朵花儿／这样温柔，纯洁，美丽；我凝视着你，一丝哀愁／轻轻潜入我的心底。为什么，为什么是'一丝哀愁'，为什么？"

姚雪儿看着他，心乱如麻！

章家琦深情地说道："比起我的手，我的吻更真诚。"

姚雪儿的目光有些迷离，渐渐地，她不知道自己该怎么办！

突然，姚雪儿感觉到额头一热，章家琦的吻印在了她的额头上。

章家琦低头看着姚雪儿，嘴角的笑意更浓了，揶揄道："要不，来真的？"

姚雪儿瞪眼看他。章家琦并不知晓，他已经触碰到姚雪儿的底线了！

当然，没人知道，至少章家琦现在还不会知道！

正因为不知道，所以章家琦并没有见好就收，而是得寸进尺道："我打赌你没被男生吻过，你这样的女孩子，一定把所有男生都吓跑了。"

姚雪儿瞪了章家琦一眼，转身就走。

章家琦一把拽住她胳膊，挑衅道："你不是言必称《资本论》吗？你长这么大都没有真正地吻过，你的青春也过得太不值了，难道这不是资产闲置吗，应该资产盘活啊！"

"你是曾馨男朋友！"姚雪儿微微抬头，语气低沉得有些可怕。

章家琦嘴角微微挑起，冷笑道："你还会在乎我是谁男朋友，你，姚雪儿？！"

闻言，姚雪儿猛地回头，"砰"的一声，一拳打在他脸上。

"嗨，你怎么这么爱打人？泼妇！"章家琦懵了，剧本不应该是这么写的啊？

"砰！"紧接着，又是一拳！

这回章家琦有所准备了，伸手便抓住了姚雪儿的粉拳。

"哼！"姚雪儿冷哼了声，挣脱出他的手，走到一边拎起包，当走到门口的时候，身形顿了顿，背对着章家琦，沉声道："泼妇吗？你智商也太低了，你知不知道曾经有一位先烈叫刘胡兰！"

这是姚雪儿与章家琦之间第一次真正意义上的较量，也是两人终生难忘的第一次！虽然这次较量以章家琦付出惨痛的代价而告终，但不可否认，这一次，在姚雪儿与章家琦两人心中都埋下了无法磨灭的种子！

## 第二十五章　两个重要的男人

**姚雪儿：革命的道路是孤独的，在遇到真正的同志之前，能相信的，只有自己。**

选修课。章家琦走进教室，这节课与他的专业无关，但他知道姚雪儿在，所以他撇下公司和学校的事情，毅然决然地来了。章家琦自嘲道：霸道总裁就是这么任性。

章家琦径直走到姚雪儿身后，跟一位学生换了座位，在这里，他可以很清楚地看到姚雪儿。

能够静静地坐在这里，看着让自己怦然心动的女孩子，真是一件幸福的事情。

平时骄横的姚雪儿，一旦坐在教室里，就变得静若处子，那种投入的神情与她往常的样子迥然不同……

青春
资本论

整整两堂课，章家琦一直看着坐在前排的姚雪儿，就如同上次一般，只是静静地看着，一句话不说。

好不容易捱到下课，见姚雪儿收拾起书包就要离开，章家琦急忙站起身，快步走到她的身前，低声道："我向你道歉。"

姚雪儿没理会，连眼皮都没抬一下，身形一侧就要绕过章家琦往外走。

章家琦自然不会就这样轻易地放姚雪儿离开，身形一晃，再次挡在她的身前，继续道："放心，这次不吻了。"

"道什么歉？你这种人丝毫不值得我生气。"说话间，姚雪儿没有要停下来的打算，继续尝试着从旁边离开。

章家琦移动身体挡在姚雪儿的面前，继续说道："是吗？那你上次一直打我，是什么意思？"

姚雪儿继续尝试着往另一边走，语气冰冷地说道："道什么歉？是我侮辱了你，我侮辱了你的智商，我说你真是弱智。"

章家琦依然挡在姚雪儿面前，伸手指着她，说道："《教父》里著名的一句话！教父说，你侮辱了我的智慧！"

姚雪儿一脸不忿地看看他，脸上尽是不耐烦。

章家琦拉过一把椅子，在姚雪儿的对面坐下，并问道："可以吗？"

姚雪儿白眼一翻，没好气道："干什么？"

章家琦站起身，对姚雪儿说道："如果你接受我的道歉，那就回俱乐部，怎么样？周三晚上，不见不散！"

闻言，姚雪儿眼皮一翻，冷冷地瞥了章家琦一眼，语气冷漠地说道："好啊，go and see。"


走出校园，姚雪儿的手机响起，掏出一看，是朱玉宁打来的。看了眼这个已经很长一段时间没出现过的号码，姚雪儿犹豫片刻，最后滑向了接听键。

"姚小姐，你好。好久不见，过得好吗？"手机里，朱玉宁的声音依旧充满了磁性。

"还不错。"姚雪儿淡淡地应了声，继续道："又是你的董事长叫你约我吗？如果是的话，我没空。"

"不不不，姚小姐你误会了，我只是比较关心你，想更多地了解你一些。我记得上一次你跟我说过，你参加富豪相亲俱乐部并不是为了相亲，而是有其他目的，对吗？我想我们可以聊一下，各取所需，你看可以吗？"

"可以。"姚雪儿想都不想地应道。只要能得到自己想要的，为什么去做呢？

"晚上一起吃饭，有时间吗？"

"没问题。"姚雪儿应道。

"好的，需要我开车来接你吗？"朱玉宁很绅士地问道。

"不用，你把位置发我就行。"姚雪儿说道。

一家幽静的西餐厅内，朱玉宁与姚雪儿相对而坐。姚雪儿身穿白色连衣长裙，朱玉宁一身休闲西装。乍一看，像极了一对才子佳人。

"嗯。"听着姚雪儿的计划和目标，朱玉宁点了点头，"雪儿——我可以这样称呼你吗？你这么年轻一个女孩子，竟然同时做着这么多的事情！"他看着姚雪儿，"按说你这个年纪，就只是每天迷迷糊糊跟着老师上课的。"

姚雪儿淡淡一笑："是的，本来应该是这样，可是我没有足够的资本过那样惬意慵懒的生活。"

朱玉宁也笑了，"刚开始，我以为你真的就是一心想嫁进豪门贪图虚荣和物质的女孩，但到后来觉得不对了。"他重新打量姚雪儿的脸，"看你这张骄傲的脸，应该不是普通的女孩子。"他点头赞许道，"我听你的计划和目标都不错呢，在你这个年纪就能有这样的远见，实属难得。"

姚雪儿没接话，只是静静地听着，等待朱玉宁接下来的发言。

经过前两次的接触，虽然姚雪儿很反感朱玉宁把自己

"出卖"给了他的老板，但是以她的眼光，岂会看不出这个中年男人对自己好感多多，而自己，其实一点都不讨厌朱玉宁，无论他对自己做过什么。

也就是那次谭小月跟姚雪儿深聊时所说的：像朱玉宁，也是为了完成老板吩咐的任务罢了，正所谓人在江湖，身不由己，他一个上市公司的总裁，一切都是董事长给的，对自己的老板和恩人，他其实一直做得都很好。

况且，他朱玉宁，对一个号称去富豪相亲俱乐部傍大款的陌生女孩子来说，又有什么道德义务要尽呢。

"不过，在你的计划里，似乎根本没有考虑到一些外力的因素，也就是所谓的强援或是天使投资。为什么不采用这些更为有效和直接的方法呢？你应该明白，你一个人的力量是有限的。"

朱玉宁饶有兴致地看着姚雪儿，他从来没有对一个女孩子这样另眼相看，不仅仅是因为她的美貌、干净，也不仅仅是因为她特立独行的性格。

现在，朱玉宁开始真正欣赏眼前这个女生，而且，他内心深处有种感觉：他是真的心疼这个冲冲撞撞独自奋斗的女孩子。他一个上市公司的总裁，忽然在姚雪儿身上看到了曾经的自己，以及当下——即使身处成功之中仍旧感觉无力的自己。

"我有想过，而且也有去努力过，否则今天我们不会见面，你我也不会相识。"姚雪儿语气平淡地说着，看着朱玉宁，笑了笑，继续道："但外力始终是不确定因素，如果有，自然更好，但在没有为我所用之前，我不会将任何不确定的外力因素纳入我的计划之内。我始终相信，革命的道路是孤独的，在遇到真正的同志之前，能相信的，只有自己。"

朱玉宁满意地点了点头，淡淡地说道："看来你已经拒绝我了。那么，我还有什么可以帮你的吗？"

姚雪儿嫣然一笑，随即认真地说道："当然，朱总可以帮到我很多。比如你丰富的经验和你超乎常人的处事应变能力，都是我目前急需加以学习并改善的地方。"

"哈哈哈。看来你是打算把我当成免费的教科书了。"朱玉宁打趣道。

"难道，朱总没兴趣教出一个未来能够屹立在互联网乱世中的枭雄吗？"姚雪儿在朱玉宁面前露出鲜有的俏皮的微笑。

"互联网乱世中的枭雄？"朱玉宁摸了摸下巴，略一思索，玩味地说道："有点意思。好吧，我答应你了。另外作为你的老师，我会给你送上一份礼物。"说到这时，朱玉宁眼睛眨了眨，看了眼姚雪儿的反应，继续道："当然，我知道你不会要那些俗气的东西。所以我这份礼物可以说是为你量身定制的，而且对你的计划也有一定程度上的帮助。"

搏击俱乐部。

章家琦苦苦等待着，之前，他很肯定姚雪儿会来，他有信心，不仅是对自己有信心，更是对姚雪儿有信心！

试问一个如此高傲的女生，怎么可能轻易地吃瘪，轻易地半途而废？！她不是说过么，只要是她想做的，就一定要做到啊！

现在，距离约定的时间不到两分钟，章家琦开始怀疑了，难道自己想错了？姚雪儿并没有自己想的那么高傲，那么倔强？还是说，自己那天真的把她惹恼了？

突然，一阵刹车声响起。搏击俱乐部的楼下，一辆奔驰缓缓停下，章家琦下意识地走到窗前向下望去。

夜幕中，姚雪儿从车上走下来。

车窗摇下，一个中年男子探头跟姚雪儿说话。

"再见，朱总！"姚雪儿面带微笑，向车内的男子挥手告别。

姚雪儿转过头，满脸灿烂的笑容。

窗前的章家琦下意识地躲闪，但姚雪儿脸上的笑容瞬间扎痛了他！

姚雪儿依然是那个无比堕落的姚雪儿，不计代价的姚雪儿！章家琦犹如坠入冰窖一般，脸上表情变得冰冷！

这个魔鬼般的女孩在一个男人面前笑得如此灿烂！这是自己从未有过的待遇啊！姚雪儿，你到底要过分到什么程度！

## 第二十六章　绝杀

姚雪儿：所有居高临下、对我指手画脚、设置条条框框、设置生存陷阱的臭狗屎，都 Go to the hell！资本的原始积累，都是血淋淋的！都是血淋淋的！

搏击俱乐部门口，姚雪儿并没有急着进去，她看了看时间，此时距离约定已经过了两分钟。

推开门，走进搏击俱乐部，姚雪儿心情大好，主动说道："对不起，我迟到了三分钟，不过，一会儿我们可以提前三分钟结束，希望我的迟到没有给你造成困扰。"

章家琦戴着拳套站在擂台上，眼神冷漠地看着姚雪儿，不说话。

姚雪儿看了章家琦一眼，心里忽然明白，原来他在楼上看到了，一定又开始猜测了……姚雪儿心中愤愤不平，也不想多说什么，脱掉外衣，戴上拳套，走上擂台。

擂台上，姚雪儿和章家琦四目相对！章家琦眼神冷漠，带着一丝难以隐藏的怒意。

姚雪儿坚毅的脸上则是充满挑衅，赤裸裸的挑衅！

她才不在乎他怎么想怎么误会，活该他误会——她姚雪儿一开始，就是要整个世界误会自己，她就是要挑战所有的人，尤其是要挑战章家琦！

曾馨心情浮躁地跑上楼梯。

她穿了一件雪白的漂亮丝绸裙子，袖口上嵌着细细的黑丝绸带子和绣花的蝴蝶结，步履间散发出一副豪门千金的出众气质。

曾馨站在搏击俱乐部门口，她并不急着进去。上次体检时，张美姣提示她的话再清楚不过了，可是曾馨不愿意去想这件事，她一直在躲避，虽然她为了青梅竹马的家琦哥哥来到这个学校而放弃了去美国读书的好机会，可是真的，她一直只把他当作哥哥，他永远不会从自己的生活中消失的……

可是今天，不知怎的，她突然就慌了，鬼使神差地就溜到搏击俱乐部来找章家琦。

她站在门前，先做了个深呼吸，随后拍了拍胸口，从门缝中向里面窥视。

姚雪儿和章家琦在擂台上打得天昏地暗！两个人怒目而视，娇小的姚雪儿每一拳都是绝杀，逼得章家琦步步后退。

章家琦也开始有些压不住胸中的怒火，挥手一拳，蹭过姚雪儿下颌。

姚雪儿愤怒，拳头像雨点一样密匝匝逼近，丝毫不给章家琦喘息的机会！

看着眼前激战的一幕，曾馨倒吸了口凉气，后退了一步，捂住胸口，喃喃道："好凶！"


"中场休息！"实在耐不住姚雪儿的疯狂劲儿，章家琦无奈使用教练的权力。

姚雪儿深吸了口气，汗水从她冷若冰霜的脸庞上滑落，显得愈发冷冽！她径直走到一旁，拿出毛巾擦汗，期间未曾看章家琦一眼，更没有说一句话，甚至可以说直接无视了他！

实际上，姚雪儿早已发现章家琦情绪的变化，知道他刚才看到了自己和朱玉宁分手的情景。她很愤怒：他有什么权利对我的任何事情有表达任何情绪的资格呢？！跟他有什么关系？！他有什么资格不高兴？！

姚雪儿一屁股坐在台上，边拿出手机，边喘着气说

道："哎，学费，微信转给你了啊。今天练习效率高，外加20元红包。"

章家琦此时正好将手中的一瓶水喝完，听到姚雪儿的话，刹那间，两眼像喷火一般瞪着姚雪儿。

"你读过《红楼梦》吗？"章家琦语气不善地说道。

"怎么？"姚雪儿撇了撇嘴，丝毫不以为意。

看了眼一脸冷漠的姚雪儿，章家琦有些嘲讽地道："连贾宝玉那风流坏子都不喜欢过于'经济'的女生。"

姚雪儿挑了挑眉毛，有些蔑视地看着章家琦，语气冷漠道："你这句话的重心是'经济'二字吗？你确定你懂'经济'这两个字吗？那个无能的贾宝玉难道不是一半的贾政吗？让所有的贾政和封建余孽都Go to the hell！"说到这里，姚雪的脸上露出一丝鄙夷之色，盯着章家琦，说道："尤其是你！"

章家琦也不甘示弱，同样蔑视地看着姚雪儿，嘲讽道："你去富豪相亲俱乐部，达到目的了吗？"

姚雪儿懒得再看他，嘴角一撇，揶揄道："达到了，要满足一下你的好奇心吗？一群白痴！都是一群要满足兽欲或要包养小三的白痴，你满意了吗？"

闻言，章家琦再也抑制不住情绪，语气愈加不受控制地说道："那为什么之前还装可怜去做球童？中间出现波折了？'收购'不是很顺利？"

姚雪儿喝了口水，强咽下去，胸口开始起伏，脸上闪过强烈的愤怒。

　　突然，姚雪儿呼地跳起来，脸涨得通红，语气讽刺地说道："你懂个屁！章家琦！我在美少女直播的最高纪录粉丝过 200 万，有 30 万成功转粉我网店！当你这白痴富二代夜夜意淫要'经营天下以济苍生'的时候，我已经成功'经营自己以济自己'了！你不懂'王侯将相宁有种乎'吧！你懂不懂'资本来到世间，每个毛孔都滴着血和肮脏的东西'？！没有你老子富一代积累的血淋淋的原始资本，你今天能拥有这愚蠢的优越感？！"

　　姚雪儿蔑视地看了章家琦一眼，继续道："我蔑视你愚昧的优越感，章家琦，因为那是你无知和健忘！"

　　说到这里，姚雪儿的脸庞向章家琦慢慢地靠近，语气开始变得有些怪异，继续道："我问你，富二代，你知道你什么时候会吃屎吗？就是你在沙漠里马上要渴死饿死，而眼前只有这一坨屎可以救命，你清楚地知道再坚持 24 小时，直升机就呼呼飞来救你的时候，你，用你父母的人格起誓，你会不会吃？！你现在以为你不会吃屎？对不起，那是因为你智商太低、没有想象力而产生的错觉，你恐怕对自己的资本评估错了！而我呢，你以为我们这些普通人家的孩子真的穷吗？没有资本吗？"

　　说着，姚雪儿的嘴角微微挑起，继续道："对不起，

你错了！我的资本是我的身体，这张脸，我的智商，还有我一腔的不甘心！我不但不会逆来顺受，我还会逆流而上，翻转，颠覆，革命！不管你是谁，想对我树立标准，用你们的'道德'和'裹脚主义'来束缚我，没门！"

说到这里，姚雪儿的脸上充满了愤怒与讽刺，像在宣泄她心中的不甘一般，继续道："你们这不可以做，那也不可以做，你们只可以做我说的那些事情！你们，只可以甘守贫穷，你们，只可以甘守平庸，你们，只可以一无所有！所有居高临下、对我指手画脚、设置条条框框、设置生存陷阱的臭狗屎，都 Go to the hell！资本的原始积累，都是血淋淋的！都是血淋淋的！都是血淋淋的！知道吗？既得利益者！"

姚雪儿瞪着章家琦，眼神中充满了蔑视，揶揄道："还想问什么？是不是还想问刚才车里的人是不是包养我的男人？是不是想知道我为什么就敢这么狂妄？我本来不应该这么狂妄，更不该伤害你这富二代的优越感？告诉你，我比你有自信，我比你有尊严，我敢跟你说实话，你敢说吗？我讨厌你，是因为你先天比我的资本多，还因为——你是曾馨的男朋友！我也讨厌曾馨！对于她这种什么都有的官二代，我这种革命者从来是抗拒的！偏偏她又喜欢我，认为我真实！我就更加讨厌她，因为她那是真正的优越感，对我这种挑战者没有一丝惧意，甚至都没有一丝警惕，对她的敌人太轻视！我讨厌她，还因为，因为你！"

章家琦一脸茫然。

"别想错了，我只是想告诉你，因为我生来就是你的敌人，而她，是你的女朋友！"说完，姚雪儿扔掉手中的拳击手套，背起书包，往外走。

走到门口，姚雪儿回头怒视着章家琦，语气有些讽刺又有些自嘲道："是啊，我是喜欢年龄比较大的男人，因为像你们这种智商还未发育完全的小男生，根本无法和我对话！"


这是一次心灵上的碰撞，姚雪儿的话犹如一枚枚炸弹冲击着章家琦的脑海，刺激着他固有的观念，颠覆着他的价值观！

姚雪儿已经离去，章家琦依然坐在台上，一脸木然地看着前方，仿佛姚雪儿还在一般。

## 第二十七章　直播

**苏禾：谁都想让自己的生命更有价值，因为谁都只有一次生命啊！**

凌晨，章家琦躺在床上辗转反侧。换作以前，无论什么事，都难不倒这位多才多干的学生会主席，也没有什么事，能让他这位英俊潇洒的超级富二代这样失眠。

可是今天，就在今天，他因为姚雪儿的一番话而辗转反侧。他的脑海里满是姚雪儿愤怒的表情和语气，他的耳边满是她说的话，他的心里开始有些莫名地烦躁。

他想要进一步了解这个女人，于是，他打开手电筒，粗略地翻着姚雪儿的书。

书的扉页是故事简介——比干挖出心来给纣王看，果然，心有七窍……太白金星派比干到天地间最光明的太阳星驻守，比干从此代表光明磊落、不畏强权、自由不羁……比干穿越到现代，却不料变成美艳少女……

章家琦皱起眉头，想道：你究竟是什么样的女人？你的身上究竟有多少我不了解的真相？你为什么总是不让我好好了解你？

他知道这本书花费了姚雪儿很多心血，书中有天马行空的情节，也有流畅耐读的文字，更有她内心最真实的想法。但是他现在没有想要继续看下去的想法，因为他的心里有些烦躁，那种莫名的、连自己都搞不清楚的烦躁。

他把书合上，轻轻地放在床头，然后拿起手机，连接网络，进入了美少女直播室。直播室里，若干男女做着各式各样的直播，他一个个点开，又一个个关闭。

大部分的网红直播间里，女孩子近乎全身赤裸，对于这些网红来说，这是她们唯一能出卖的资本。而对她们，他一点兴趣也没有。

他觉得有些无聊，也有些失望，不仅是因为觉得庸俗，更是因为他没有找到姚雪儿的直播间，不能一探究竟。

章家琦再次想到姚雪儿在搏击俱乐部内对自己说过的话，眉头不禁皱得更深。他觉得自己可能真的误会了姚雪儿，所以，他更加坚定地要找到姚雪儿的直播间，看看这个特立独行的女孩子究竟在做些什么。

在网页的中间位置，章家琦随机打开一个直播间，迎面而来的是一张涂满油彩的脸，他有些震撼，也有些好奇。他发现这个女人在网络直播间显得有些怪异，也显得特立独行，似乎和姚雪儿平时的表现不谋而合，所以他想要知道这个女人接下来会做什么。

也许，他关心的根本就不是这个女人接下来要做什么，只是因为这个女人身上有着姚雪儿的影子，让他有了情感代入罢了。

直播间的弹幕不断闪过，"怎么还不脱啊？"甚至已经有人开始催促了。

"别着急啊，马上就 12 点了。"瞬间有人跟着回复，显然这是个行家。

这让章家琦更加好奇。同时，他又有些担心，担心自己不愿意看到的那一幕发生。


凌晨时分，姚雪儿在自己的出租屋内，用涂满油彩的脸对着直播室的镜头，热情而又暧昧地跟粉丝互动着。姚雪儿看了看表，确定时间差不多之后，优雅地调整了一下麦克风。她要开始表演了。当她站起来的时候，弹幕开始变得多起来，内容都是一些无理要求和下流话。

姚雪儿懒得回复，她走到屋子中央，欲拒还休地脱下自己的外套，然后背过身去，风衣兀自落地。姚雪儿魅惑地盯着镜头，继续脱着衣服。她用手指轻轻捻起衬衣的一角，衬衣划过肩膀，露出赤裸的美背，姣好的肌肤一览无遗。

弹幕上有留言的，有送花的，也有送各种东西的。大家都期待着这个女人的下一步动作。

而男生宿舍的上铺，章家琦的眼睛死死盯着手机屏幕。经过反复确认，他发现这个满脸油彩的女人不是别人，正是以满口"资本论"和自己在搏击俱乐部内大谈资本和革命的姚雪儿。他看着她在直播间里一件一件地脱衣服，仿佛看见自己的女朋友在当众为别人做脱衣表演。眼前的这个女人和自己认识的姚雪儿简直判若两人。章家琦实在不愿意再看下去，他气得眼睛都要喷火了。

怪不得她说她的资本是她的身体，她的这张脸，还有她的智商；怪不得她可以理直气壮地嘲讽他作为富二代的优越感；怪不得她说——经营自己以济自己了，这很符合她关于"资本来到世间，每个毛孔都滴着血和肮脏的东西"的论调。她说过，她的 200 万粉丝中有 30 万转粉她的网店，难道她就是用脱衣服的方式来取悦她的粉丝，然后让这些粉丝转粉她的网店的吗？

"不要脸，太不要脸了。"章家琦愤怒地举起手机，重重地往地上摔去。

"啪"的一声，瞬间划破了夜晚的宁静，也惊醒了下铺的男生。

"怎么了，怎么了？"下铺的男生从梦中一跃而起。

"没事。"章家琦淡淡地说道。

"打雷了？"男生不明所以继续问道："刚刚怎么突然这么响？不会是小偷进来了吧？"

"是我手机不小心掉了，没事，睡吧。"章家琦强压着内心的怒火道。

"我帮你捡起来吧。"男生说完，就顺着微弱的光亮去找手机。

"你烦不烦啊！"章家琦终于按捺不住自己的火气"叫你不要管，你听不见吗？"

男生讪讪地回自己的铺位睡觉。

章家琦还是翻来覆去睡不着。过往的一切历历在目。

只是现在，他对自己心目中的姚雪儿有所质疑，他觉得姚雪儿过去所做的一切不过是在为自己见不得人的行为洗白，他觉得别人对姚雪儿的诋毁是正确的，甚至姚雪儿就是同学们说的那么不堪。他的内心很挣扎，他不愿意相信别人对姚雪儿的描述，可是就算他再不愿意相信，也抵不过亲眼所见来的直接和真实。

姚雪儿卸完妆，洗了个澡，感觉一身轻松。看下时间凌晨一点，差不多了，早就说过要去苏禾唱歌的酒吧感受下，却因为种种原因一直拖延，今天苏禾发出邀请，谭小月和高琳琳也都有空，今晚一定要好好感受下所谓的夜生活才行！

一走进酒吧，姚雪儿便感到一门之隔却恍若两个世界的距离。震耳欲聋的摇滚，舞台上一群衣不蔽体的妙龄美女卖力地表演着助兴舞蹈，场内人头攒动，拼酒、猜拳、摇色子，男男女女、鲜肉大叔，应有尽有！

"雪儿，这边！"不远处，眼尖的高琳琳早早地看到了刚进入酒吧还未回过神来的姚雪儿，大声地呼喊并招手示意。

"苏禾姐呢？"姚雪儿走向一个小卡座，向高琳琳问道。高琳琳身边，是一袭红色连衣裙的谭小月，她旁边坐着一名身穿休闲西装，扎领带，穿皮鞋，脸上有些拘谨腼腆的年轻男子。

"小苏马上要登台，先去准备了。"谭小月接话道。感受到姚雪儿的目光，谭小月指了指身旁的男子，介绍道："张家隆，我同学。"

"你好，姚雪儿。"姚雪儿向张家隆点头示意。

"你好，张家隆，你可以称呼我隆兄。"张家隆微笑着，绅士地点了点头。

就在此时，酒吧内的音乐突然停止，场内的灯光顿时昏暗。紧接着，舞台上一道强光照射而下，在强光所笼罩的圆圈内，一名身穿紧身皮衣的曼妙女子站在舞台中央，在女子身后，吉他手、贝斯手、鼓手纷纷就位。

"苏禾姐好帅啊，真看不出她还有这一面！"姚雪儿两眼冒着光，看着舞台上的女生，虽然早有准备，但她却怎么也想不到苏禾会以眼前这一场景出现在自己面前。

台上，苏禾接连唱了三首歌曲，邓紫棋的《泡沫》，那英的《默》，张信哲版的《平凡之路》，三首时下流行的歌曲。姚雪儿觉得，苏禾唱得并不比那几位明星差，甚至要真实许多。

压轴的一首《平凡之路》响起场上很多人跟着一起唱着、哼着、扭动着身体。这一刻，苏禾用她的歌声征服了在场所有的人！

可就在苏禾即将下场时，一名酒客拎着两瓶啤酒扒拉开两名保安，赫然冲上台去，向苏禾敬酒。

"对不起，先生，我来这里是表演的，不是陪酒的。"苏禾没有接过酒瓶，语气不温不火，似乎是见惯了这样的人，言辞并不犀利，却有着拒人于千里之外的决绝。

姚雪儿嘴角微微上挑，虽然她很难想象，平日里温婉的苏禾会刹那间满面冰霜，这样的苏禾果然是她姚雪儿喜欢的苏禾！

"你装什么装呢！不就是个在夜场上班的小姐吗，老子肯敬你酒是给你面子，别给脸不要脸！"酒客不依不饶，大有苏禾不喝就不让她下台的劲头。

保安迅速上台将酒客拉下舞台，在拉扯的过程中，一个酒瓶飞起，恰巧落在苏禾的额头上。

"这什么人啊！什么素质！"高琳琳气呼呼地叫道。姚雪儿第一时间走到舞台边，上前搀扶有些站立不稳的苏禾。

休息间内，众人帮苏禾冰敷。

苏禾拿半瓶酒喝着，笑道，"真好，要不我还没理由早点下台，还得再唱一个小时！"

姚雪儿说："我还想听你唱你自己的歌呢！"

苏禾苦笑，又闷一大口酒，"什么我自己的歌，跟你们说实话吧，我唱过几次！"她惨然一笑，"就这里面这些泼皮无赖，你以为他们能懂我的歌？"

高琳琳一脸惊讶地说："哎，你额头都肿了，喝酒会不会影响伤口？"

苏禾笑道，"难得你们来一次！平时我是不喝酒的，我讨厌这里，讨厌这样的环境，更讨厌一直唱别人的歌，但是没办法，只有在这里我才能赚够出国的钱，才能在北京活下去，才能继续写自己的歌，以后才会有机会唱我自己的歌！"

"我写了好多好多歌，但却只能唱给自己听。我的青春不应该在这里，我的资本不应该在这里挥霍，我想唱自己的歌，我想在一个很大很大的舞台上尽情地唱，我想要找到那些能够听懂我的歌的人。"苏禾这般说着，带着哭腔，带着委屈，额头也微微地肿起，姚雪儿等人本想陪苏禾去医院，但被苏禾无声地拒绝了。

"你知道什么叫'不值'吗？"苏禾说，"雪儿，就是你的'资本论'，谁都想让自己的生命更有价值，因为谁都只有一次生命啊！"

或许，这不是第一次了吧，或许这里真不适合苏禾，可苏禾依然在坚持，为了自己的梦想而坚持着，她又能说什么呢？

# 第二十八章　借钱

**她呆呆地站在原地，她料想自己很快也要跟这个世界告别了！**

教室内，所有学生都赶去食堂吃午饭去了，张美姣照例趁着教室没人的时候在擦黑板做勤工俭学。

忽然她放在口袋里的手机响了。拿起来一看，来电显示是一个陌生的号码。

"你好，哪位？"张美姣有礼貌地问道。

"你是张美姣吗？我是校医院保健科的，你的体检结果出来了。"对方程序化地说道。

"对，我是啊，怎么了？"张美姣有些忐忑不安地问道。

"检查结果是病人的隐私，为了保护病人的隐私，我们还是要跟您确认下身份，希望您能理解。"对方依旧程序化地说道。

"好的，我是张美姣。"张美姣越发忐忑不安。

"嗯，是这样，你的 B 超结果出来了，校医院建议你去大医院做一下复查，你下午来一下校医院保健科，让大夫帮你开一下转诊单。"对方说道。

"什么结果？ B 超怎么了？……有什么问题吗？"张美姣蓦然愣了，两只眼睛变得呆滞，她忽然结巴起来，"大夫……真的需要复查吗？我没有时间，我还得上课，我还有好多兼职，我弟弟还等我……"

"是这样的，你的 B 超显示有疑点，这样，你还是下午来趟校医院吧，一定来啊！"

"这样啊，那好吧……"张美姣关上手机，怔怔地站在讲台上，望着空荡荡的大教室，不知所措。


纠结了好几天，张美姣还是请了假，乖乖地去大医院复查。她站在医院门口，熙熙攘攘的人群，让她原本有些紧张的心情变得更加复杂。张美姣对着天空长长吐了一口气，试图让自己变得镇定一些。她想，我不会这么倒霉的吧，我绝对没事的。

张美姣带着紧张的心情，假装镇定地走进门诊大楼。

诊室内，张美姣横躺在病床上，女医生一脸严肃，用手摸着她的下腹。

"有一个包块，需要拍个片子。"医生僵硬地说道。

"我没有钱。"张美姣窘迫地答道。

"没钱也得拍啊！"医生提高嗓门说。

"不是，医生，你说包块是怎么回事啊？"张美姣着急地问。

"去缴费吧。"女医生两个指头捏着单子，一副爱理不理的样子。

接过缴费单，张美姣呼呼跑了出去。她没有跑去缴费，而是冲出了医院，一直冲到医院大门外，她有些不甘心地想：包什么块啊包块，检查费还这么贵，老子没有钱啊。

张美姣闷闷不乐地回到宿舍，发现宿舍里没有人，便悄悄地打开曾馨的电脑，慌张地在网上搜索着"包块"两个字，期望看到自己满意的答案。可是她翻了无数网页，看得眉头紧锁也没看到满意的答案，网页上到处都写着"肿瘤""癌症""死亡率""三年存活期""只能活几个月了"的字样，张美姣的脸变得惨白起来。她心里好乱，不知如何是好。

宿舍门打开了，是徐兰兰回来了。

"哎，美姣，你怎么在宿舍啊，今天不用做兼职吗？"徐兰兰问道。

"哦，今天我有事，所以就给自己放了一天假。"张美姣假装什么也没发生。

"事情都办好了？"徐兰兰问。

"嗯，对，都办好了。"张美姣一边关网页一边回答道。

"那你可以陪我去逛街吗？"徐兰兰随意地问。

"我哪有空啊，我还得回去照顾弟弟呢。"张美姣婉拒道。

"好吧。"徐兰兰有些失望。

张美姣离开女生宿舍后，径直回了校外的出租房。

她在房间内想了一个下午，最终还是决定去找姚雪儿帮忙。

可是姚雪儿一直不在家，她悄悄观察过几次，姚雪儿房间一直没有人进出。这可把张美姣给急坏了，她在房间内来回踱步，一会儿坐在床上，一会儿站在窗口观察姚雪儿有没有回来。

终于听见对面的开门声，张美姣急忙跑过去敲门。

姚雪儿刚进屋就听见敲门声。

"嗨！"张美姣火烧火燎地向姚雪儿打招呼。

"张美姣？"姚雪儿转头看到张美姣，一脸不解道。

"那个，我能不能向你借点钱啊？"张美姣显得有些不自在，继续道："高利贷也可以。"

想到之前自己多次鄙夷姚雪儿钱财的来源和挣钱的方式，张美姣从心底不情愿向姚雪儿开这个口。可是连自己也没有想到，在自己处于困境的时候，对姚雪儿深恶痛绝的自己，竟然宁愿问姚雪儿借钱也不愿意向徐兰兰和曾馨开口，这是什么原因？

不知道，张美姣现在来不及想这个问题。

张美姣比谁都清楚，自己不是一个人，爸爸和弟弟还等着自己养活，自己若是倒下了，他们怎么办？

这结果张美姣不敢去想，她不能想，更不敢想！

"好啊，借多少？"姚雪儿问道。

姚雪儿毫不犹豫地答应，张美姣有些感动。

"3000，你先借我3000，利息你说了算。我会打工还给你的。"张美姣的语气有些急促，甚至用央求的眼神看着姚雪儿。

姚雪儿也看着张美姣，眼神中充满了难以置信的神色。

对张美姣来说，3000元钱算是一件大事，可是对姚雪儿来说，并非是钱的事，她奇怪张美姣为什么要向她借钱，也很想知道她借钱的用途。

当然，姚雪儿没有问，张美姣也没有说。即使姚雪儿问了，张美姣也不可能告诉她真相。

这两个女孩的关系，好怪异。

第二周，张美姣再次请了假，独自前往医院，在医院的 CT 室外焦急地等候。

医院的走廊上，都是等待检查的病人和陪护的亲友。张美姣看了眼窗外，又看了看走廊上的天花板，心里只有一个声音——老天，我不可以有事，我一定要没事。

她流不出泪来了，有的只是满脸愁容。她看着一个个病人面无表情地从 CT 室出来，第一次感觉到了无助。

"94 号，94 号，张美姣……"护士拖着长长的尾音喊道。

94？就是死？张美姣觉得这是一个不祥的数字。她对检查结果没有抱什么希望。

"张美姣？94 号张美姣来了没？"护士不耐烦地问道。

"来了，来了。"张美姣脑袋一片空白。她紧张地站起来，医生和护士严肃地看着她，冷清的气氛，让她觉得自己在参加某个人的追悼会。

"进来吧。"医生僵硬地说道。

张美姣的双脚有些不听使唤，但她还是一步一步地挪进了 CT 室。

"四天后，来取单子。"护士头也不抬地说道。

张美姣走出 CT 室，穿过大楼的后门，发现那里竟然是"告别室"。张美姣愣住了，呆呆地站在原地，料想自己很快也要跟这个世界告别了！可是对她来说，生命的意义在哪里，她已经不太愿意去深究了。她现在只想赶快离开这个见鬼的医院，然后找个没人的地方大哭一场。

# 第二十九章　绝望的告白

张美姣：可是我一定要抓住机会告诉你，这样，即使发生了什么，我的一生，也就无怨无悔了。

阳光明媚的下午，张美姣无精打采地在教室里擦黑板。体检报告还没有出来之前，任何事情都无法让她开朗起来，她的内心备受煎熬，这几天对她来说简直是度日如年。

可是再难过，她也不想让人知道。人多的时候，她便假装没事的样子，在没人的时候，她就像是被戳破了的气球，一下子泄了气，呆坐在教室里胡思乱想。

这天放学后，张美姣在学校附近买了两份外卖，连走带跑地赶回家。

张美强果然没有让她失望，他正在认真地做数学题，但是好像遇到了难题，怎么算都算不对。

"姐姐，姐姐，这个题好难啊。"张美强把作业本递到张美姣面前。

张美姣把外卖放在桌子上，说道："先吃饭吧，吃了饭，姐姐再教你。"

张美姣看着弟弟乖巧的样子，眼泪差点要掉下来，她想如果自己真的出了事，弟弟怎么办？远在农村的父亲怎么办？

她不愿意再想下去，胡乱地吃了几口饭，便拿起弟弟的作业本看了看，对她来说，这样的数学题实在是太简单了，她想等弟弟吃完饭再讲解。她目光空洞地看着作业本，半天没有说话。

张美强看着姐姐发呆的样子，一脸好奇。他小小年纪想不通姐姐到底遇到了什么难题。

"姐姐。"张美强轻轻地唤了一声，张美姣没有回过神来。

"姐姐？"张美强带着疑惑的语气再叫了一次。

"怎么了？"张美姣回过神来。

"姐姐，你是不是有什么事啊？"张美强天真地问道。

"我？我能有什么事啊？"张美姣合上张美强的作业

本，起身收拾碗筷。

"那，刚才那道题算出来了吗？"张美强一副着急的样子问道。

"这道题，很简单，你想……"张美姣耐心地讲解题目，生怕弟弟不能理解。

张美强睡着了，他睡得很甜。可是张美姣睡不着，她悄悄起床看了看弟弟，又拉开一小片窗帘偷偷地看月亮，月亮像一把镰刀刮着张美姣的心，她似乎听见自己心痛的声音。

第二天，张美姣迷迷糊糊地在十字路口发小广告，路上车来车往，她的反应有些迟钝，一转身差点被一辆车撞上。

"你找死啊？！"司机探出头来骂了句，随后开车走了。

张美姣像是做错事的孩子，低头默默地往路边上走，然后继续向路人发着广告。

厚厚的一叠广告终于发完了，她轻松地吁了一口气，但马上又显得心事重重，她显然失去了一份精神寄托。她无聊地走回学校，经过学校的招聘广告墙的时候，她停下了脚步，想要再找一份兼职。但是她站在那里，脑子里却想着：我从来不抱怨命运，曾经，我的资本就是我的不服，我的较劲，身体和力气是我这种穷孩子唯一的本钱，可是现在，老天打算什么都不给我了，都要拿回去了……

招聘墙上有很多平时可遇而不可求的兼职，可是她现在一点兴趣也没有，她转身往女生宿舍走，在楼下，她仰起头，第一次发现宿舍楼顶是那么高。

身旁，一个男孩子接到他的女朋友，两个人搂搂抱抱，边走边笑向教学楼走去。张美姣转身定定地看着他们远去的背影，心里不知道是羡慕还是嫉妒，又或者说是顾影自怜。

张美姣一个人在校园里瞎逛。偌大的校园里，一会儿就有一对情侣亲密地走过。她的脸色变得有些苍白，脚步也开始有些僵硬。她不想再继续走下去了。

她不是一个习惯逃课的女孩子，所以她还是选择乖乖地回去上课。

教室的讲台上，上了年纪的教授滔滔不绝地讲着精彩绝伦的故事，可是她一句也没有听进去，她有些出神。

"喂，你干什么呢？"徐兰兰好奇地问。

"没有，没干什么啊。"张美姣尴尬地遮掩。

"你有些不对劲哦！"徐兰兰随口说道。

"可能是最近兼职太累了。"张美姣应付道。

徐兰兰看出了张美姣内心的波动，却不知道她的心事，然后她继续听课，认真地做着笔记。

"美姣，听说你和姚雪儿住一起，你能告诉我地址吗？我有些话想跟她说。"消息是邵杰发来的，张美姣拿出手机看了眼，撇了撇嘴，回道："地址是……怎么？打算告白了吗？"

"谢谢！"

"傻小子，姚雪儿怎么可能会看上你。"张美姣撇了撇嘴，心中嘲讽道。

但渐渐地，张美姣的内心不再平静，邵杰都有勇气去向姚雪儿表白了，自己还在等什么？对于一个或许没多少时间存世的人而言，还有什么好逃避的？

张美姣平静地看着前排认真听课的曾馨，心里突然做了一个很认真的决定。

夜已深，张美姣并没有回家，而是在学生会的门口耐心地等一个人，她觉得自己再不做点什么，这辈子可能都会留下遗憾，所以就算再晚，她都要等下去，并且只能她一个人等。

学生会的灯终于熄灭了。张美姣开始紧张起来。

章家琦来了，他带着一脸倦意从学生会大门走出来，但看上去更加成熟帅气。

章家琦越走越近，张美姣的内心也越来越紧张，但是她还是勇敢地走过去，一个箭步跳到他的面前。

章家琦被眼前突如其来的黑影吓了一跳。

"你是……张美姣？！"章家琦借着昏暗的灯光终于看清张美姣的脸。

"嗯。是的。"张美姣紧张地回答。

"这么晚了，你怎么一个人在这里啊？"章家琦有些好奇地问。

"呃，那个，我是在……"张美姣急中生智答道："我是在排练一个……我们是在排练一个短剧，就是一个女孩，呃，得找一个陌生的男孩，告白，并且要说喜欢他。"

张美姣小心翼翼地看着章家琦，继续说："她必须告白，虽然结果是绝对不可能的，她绝对不会有机会，可是如果她不告白的话，她就永远没有机会说喜欢他了。"

"哦，原来是这样啊，刚才吓我一跳。"章家琦恍然大悟。

"所以，我走到这里，想找人排练下，结果，就碰到你了。"张美姣自圆其说。

"那好，我帮你这个忙。"章家琦四处看看，有些不好意思地轻轻咳了下，然后站好，故作严肃地看着张美姣，继续说道："你开始吧。"

到了真正可以表白的这一刻，张美姣却有些迟疑，她怀疑自己是不是在做梦，不然一切怎么会这么顺理成章。幸福是不是来得太快？可是她转念一想，这算是哪门子的表白，不过是借着别人的故事，表白自己对章家琦的爱而已。

张美姣有些失望地看着章家琦说："章家琦，我一定得来告诉你，我－喜－欢－你。虽然我知道我们之间永远是不可能的，可是我一定要抓住机会告诉你，这样，即使发生了什么，我的一生，也无怨无悔了。"

章家琦忍不住笑出了声。看着张美姣一副认真的样子，他止住了笑，问她："嘿，你怎么用我的名字表白啊？！"

"我参加这个排练是保密的。章家琦，你必须帮我保密呀。"张美姣说完，扭头就走。

张美姣没走出几步，便小跑起来。章家琦站在原地，愣愣地看着她的背影。

# 第三十章　职场的无奈

**仇恨，仇恨……姚雪儿不需要去理清为何自己心间对章家琦这样充满仇恨……**

出租屋内，就在张美姣用她特殊的方式向章家琦告白的同时，姚雪儿也在想着同一个人，那个让她鄙夷、不屑，甚至一见到就想挥拳相向的男人。

"哼！不过是一个倚仗着父辈荫庇的二世祖罢了，有什么资格对一个奋力往上爬的草根指手画脚？！如果没有了你那显赫的出身家世，你以为你是什么？你以为你能比其他人好到哪去？！"姚雪儿站在走廊上目视前方，夜空中，繁星点点，她不由一声长叹："我们的距离就像那两颗星，看似近在咫尺，实则相差万里。"

青春
资本论

194

仇恨，仇恨……姚雪儿不需要去理清为何自己心间对章家琦这样充满仇恨……


"雪儿，在想什么呢？"突然，身穿职业装的高琳琳，脸蛋微红地走了过来。

"哎。"姚雪儿应了声，愣了愣神，目光顺着高琳琳的身后看去，只见一个西装革履的男人紧接其后，看上去干干净净的，形象还不错。

姚雪儿嘴角一挑，微微笑道："回来啦？琳琳姐你男朋友？"

高琳琳一下子满面羞涩，扭捏道："我公司领导。"

"噢。"姚雪儿顿有所悟地点了点头，并对高琳琳意味深长地微微一笑，礼貌性地打了声招呼："你好，我是姚雪儿。"

"哦，你好，你好，我跟琳琳一个公司的，我是陈庆来。"男子推了推鼻梁上的眼镜，一脸笑意地说着，同时向姚雪儿伸出手，似是要握手的意思。

姚雪儿皱了皱眉头，虽然心有不愿，但为了顾及高琳琳的面子，还是勉为其难地伸出手。

一秒，两秒……

姚雪儿皱了皱眉头，想抽回手。

三秒。

姚雪儿的眉间闪过一丝怒意，眼皮一挑，瞪着陈庆来!

四秒!

五秒!

就在姚雪儿要发怒的时候，陈庆来笑了笑，说道："雪儿的手好滑啊，皮肤这么好可一定要好好保养啊，要不我们留个微信，我推荐几款护肤品给你吧?"说话间，陈庆来还不时地用拇指在姚雪儿的手背上摩擦着。

"嘿，那倒是谢谢关心了，不过很抱歉，我的微信从不加姐妹的男人。"说完，姚雪儿嘴角一挑，冷笑了声，手中却是猛然间发力，猛地向着陈庆来的手掌捏去。

"哑!"陈庆来顿时倒吸了口冷气，急忙松开手。

见状，姚雪儿趁势收回手，一脸笑意地对着高琳琳说道："琳琳姐，看来你这上司对你不错嘛，还特地送你回家，不过就是身子骨太弱了些，怕是真遇到什么坏人，也未必能保护得了你哟。"

闻言，陈庆来有些尴尬地笑了笑，但看着姚雪儿的眼神中却是闪现出一抹异样的神色。

"哎呀，雪儿，你别拿人家开玩笑了，我们就是普通的同事关系。"高琳琳脸色泛红地说着。

见状，姚雪儿不再说什么，看一眼高琳琳，自己走回了房间。

高琳琳不是很讨厌这个人吗?只希望高琳琳不要被骗

就好!


姚雪儿给谭小月打了无数电话。

过了好久,谭小月打过来,"我到楼下了!"

姚雪儿冲到窗前去看。

"小月姐——"姚雪儿忽然瞪大了眼睛。

只见谭小月手上竟然捧着一束花,身边……

姚雪儿好奇道:小月姐身边也跟着一个男人,正是上次在酒吧见过的隆兄——张家隆。但是这位隆兄似乎很识趣,送谭小月到楼下后,便开车直接离开了!

"小月姐,回来啦。"姚雪儿站在走廊上,身子靠着墙,笑着打招呼道。

"哎,雪儿,你站在走廊干什么?找我有事?"谭小月一脸关心地问道。

"没事。"姚雪儿鬼鬼地笑道:"我就是觉得房间里有点闷,站在外面想点事情,顺便看看风景。"

"看什么风景?走廊上有什么风景?"谭小月一头雾水,"怎么了?心情不好?还是有心事?"谭小月走到姚雪儿身旁,倚靠在走廊上,言语间满是关怀之意。

姚雪儿悄悄地凑近谭小月耳边:"琳琳姐那边,有情况!她的那位上司,在她屋里!"

"啊?"谭小月大吃一惊,"我进去看看!"

"不要，"姚雪儿笑道，"我也搞不太清楚，万一我弄错了，不是我想的那种人怎么办？"

两个人站在走廊上，侧耳听高琳琳房间的声音，却什么都听不到。

半晌，谭小月幽幽地说道："有时感觉连自己靠不住，还能奢望去依靠别人吗？"

"怎么了？"姚雪儿好奇地看着谭小月，"小月姐，是工作上的事吗？还是——隆兄？"

姚雪儿有些郁闷。往日里也没见谭小月和高琳琳有恋爱的迹象，怎么同一天里，两个人都在这方面有进一步的趋势了？

"他么？"谭小月若有所思地低头看了眼手里的鲜花，嘴角浮现出一闪即逝的微笑，幽然地说道："他是我高中和大学的同学，高中时我们同一个班，同一个座位，大学后我们又刚好同一个学校，同一个系。大学毕业后就没怎么联系了，他让我感觉很陌生，又很熟悉。感觉他变化好大，以前跟在我身后的一个大胖子，摇身一变成帅小伙了，呵呵。"

"他追求你？而且你也对他有好感是吗？"姚雪儿的眼睛很尖，自然不会错过那抹一闪即逝的容颜。

"别瞎说，人家现在可是青年才俊呢，有房有车有事业，哪像我，还只是一个帮老板打工的区域经理。"谭小月白了姚雪儿一眼，叹了口气，继续道："有时想想，像我这么不懂得随波逐流的人是不是不适合在职场里混。虽然我一直努力做到对得起客户，对得起自己。但对于一些竞争对手而言，像我这么不识时务的人，就算只安静地好自己，都不是他们所能接受的，甚至常常会莫名其妙地遭受非议，有时连自己都不知道怎么回事，就成为议论的焦点。"

说到这时，谭小月眼眸一变，似是想到了什么，白了姚雪儿一眼，有些不忿地说道："怎么回事啊，不是我来开导你的吗？怎么变成你来问我了？说说吧，有什么想不明白的，跟姐姐说说，姐姐来开导开导你。"

"哈哈，我没事啦。"姚雪儿摆了摆手，一副无所谓的模样。

"砰！"一声闷响，不远处，高琳琳的房门突然被大力地甩开。

"什么东西！都是成年人了，什么没经历过，还跟老子装什么纯情少女！"陈庆来捂着脸，骂咧咧地从高琳琳的房内走出来。

# 第三十一章　英雄救美

**姚雪儿：青春始终不是无限的，我不想将我的青春浪费在一些无聊的事情上。**

姚雪儿与谭小月两人脸色顿时大变，急忙跑进高琳琳的房间，生怕她发生什么不好的事情。

高琳琳的房间有些凌乱，不大的房间内，报表、资料、计划书等工作资料随处可见，一个典型的分不清工作与生活的工作狂人。

"琳琳，怎么了？"谭小月走到高琳琳身边，一脸关心地问道。

只见高琳琳的衣着有些凌乱，头发散开，双手捂着脸无声地抽泣。见谭小月和姚雪儿进来，高琳琳一把抱住谭小月，将脑袋深深地埋在谭小月的胸口，哭泣道："小月姐，我做不到，我真的做不到！为什么？为什么这世界这么不公平？明明我比谁都努力，比谁都认真工作，为什么我就得不到我应有的回报！难道女人就一定要用那种方法才能升职吗？呜呜呜呜……"

"没事了，没事了，琳琳不哭，没事了。"谭小月抱着高琳琳，轻轻地抚摸着她的头发，心疼地安慰道。

一旁，姚雪儿寒眸一闪，嘴角处闪过一丝冷厉之色。转过身，便向走廊处跑去！

"雪儿，你干什么去！"谭小月大声说道，显然，聪慧的她已经猜到姚雪儿要做什么，但这时候想拦也拦不住了！

"哎，你站住！"公寓楼下，姚雪儿叫住陈庆来，此时陈庆来已经打开车门，正打算离去。

"哟，刚才的小美女！有何贵干？要是觉得漫漫长夜无聊的话，我们可以一起去兜风、喝酒，或者看电影哟。"陈庆来一脸痞气地笑着，眼睛不住地在姚雪儿身上扫视。

"嘿，看不出来你还挺浪漫的嘛。"姚雪儿冷笑着，继续向陈庆来靠近。

见姚雪儿对自己笑，陈庆来心头一喜，顿时将之前在高琳琳那儿的不愉快忘得一干二净，一个劲儿地对着姚雪儿挤眉弄眼："那是，谁让哥哥我天生就是为你们这些美女服务的呢，只要妹妹一声令下，哥哥我 24 小时待命，风雨无阻。"

"不过可惜，本小姐嫖客见得多了，但像你这么下作的，还是第一次见！"说完，姚雪儿抡起拳头，朝着陈庆来的脸挥去。

"砰！"一声闷响，陈庆来顿时觉得天旋地转，脚下连连倒退。好不容易停住脚步后，突然觉得鼻间一热，下意识地伸手摸了摸，只见一抹腥红的血液在夜幕中格外刺眼！

"小婊子！你敢打我！"陈庆来一怒，抡起巴掌就要朝着姚雪儿打去。

不远处，邵杰手里捏着一个粉红色信封，本来犹豫不决地站在僻静的角落，想着要不要上去找姚雪儿，却不料姚雪儿自己跑了下来，而且还发生了眼前这一幕！

"混蛋！有种冲我来！别欺负雪儿！"邵杰一声怒吼，刹那间犹如疯子一般冲了过来！

见陈庆来一巴掌扇来，姚雪儿自然早有准备，更何况，陈庆来的巴掌比起章家琦的拳头慢得不是一点半点，姚雪儿根本不将他放在眼里。倒是邵杰一声怒吼，让她愣了神儿。

"邵杰？他怎么会在这里？"姚雪儿傻眼了。

"啪！"一声清脆的巴掌声响起，陈庆来的巴掌结结实实地打在姚雪儿的脸上。

"你敢打我？！"姚雪儿顿时一怒，正要动手反击。却见陈庆来的身体突然向前一倾，见状，姚雪儿急忙侧身躲开。

"扑！"陈庆来直接摔了个狗吃屎，在他原来的位置上，邵杰正一脸气呼呼地站在那里，胸口剧烈起伏着，显然，他就是那个"肇事者"。

"你们，你们敢打人！等着，你们给我等着，我现在就报警！"陈庆来双手颤抖地拿出手机，作势要拨打报警电话。

见状，邵杰有些慌了，拉着姚雪儿就想跑！倒是姚雪儿反拉住他的手，拍手示意他不要担心。

"报啊，今天你要是不报警，你就不是个男人！"姚雪儿慢步走到陈庆来跟前，蹲下，继续道："是不是不知道报警电话？不知道的话，我帮你打，顺便我也告诉警察叔叔，说你非礼我，你说是你强奸未遂的罪名严重点呢，还是我自卫反抗的罪名严重点呢？"

"你说是就是啊？小婊子，你懂不懂法？现在什么都讲证据，什么是证据你知道吗？证据就是老子比你有钱，老子说什么就是什么！哼！也不看看你自己什么身份，居然想诬告我，等着收律师信吧你！"陈庆来恼怒地说着，还不忘指了指姚雪儿和邵杰，阴阳怪气地说道："嘿，别怪我没提醒你们,公安局里都是我的熟人,有你们受的!"

"是吗?"姚雪儿淡淡一笑,揶揄道:"那我也不妨提醒你一点,他是我的同学,我们都还只是学生。重点是,我从小品学兼优,别人上学留级,我却是跳级,我现在还不满 18 岁,还属于未成年,你说我待会儿该怎么到警察局在你的熟人面前哭诉你非礼我的详细过程呢?"

说到这里,陈庆来的脸色已经变了,作为成年人,特别是一个好色的成年人,他自然清楚法律对未成年少女有着多严苛的保护。打个比方,即便今天有一个未成年少女主动勾搭自己去开房,但她一旦变脸,告你个强奸什么的,罪名稳稳地坐实,你连律师费都可以省了。

不为别的,就因为在中国的法律上,侵犯未成年少女,本身就是罪!即使自己的确没有做过,但只要对方硬赖着自己,就算法律上最终自己无罪,声誉的损失也绝对受不了!

"你说,我要先告诉你那些警察局的熟人,说你是先非礼自己的女下属,然后又不放过你女下属的未成年室友。你这金融街的'大佬'?你说,要不要我先来个新闻发布会爆爆猛料呢?"姚雪儿步步紧逼。

"你……你狠!你够狠!你给我等着!"陈庆来恶狠狠地叫嚣着,也不打算再跟姚雪儿纠缠,转身上了车,一溜烟便离开这是非之地。

见陈庆来离开，姚雪儿这才松了口气，若是这人渣真的报了警，别的不说，至少今晚自己和邵杰要在派出所里度过了。

"你怎么来了？找我，还是张美姣？"姚雪儿回头看邵杰，不禁莞尔一笑，但想想又生气刚遇到了坏人。

"我……我……我找你。"邵杰有些怯懦地说道。

"噢。"姚雪儿应了声，眼角的余光瞟到了邵杰手中的粉色信封，有些无奈地说道："邵杰，我很感谢你今天奋不顾身地帮我。但是作为同学，我想提醒你，虽然我们年轻，我们有大把的青春可以挥霍。但青春始终不是无限的，我不想将我的青春浪费在一些无聊的事情上。因为青春就是我的资本，我需要运营好自己的资本，为我的理想和目标去奋斗。希望你也能拥有自己的目标，并且努力去追求你的远大理想。另外，我希望我们可以是好朋友，你明白我的意思吗？"

## 第三十二章　校园噩闻

邵杰失魂落魄地离去，姚雪儿一人回到出租屋内，此时张美姣也已回来，她看到之前姚雪儿和邵杰与陈庆来动手的那一幕，但她也猜到了姚雪儿会这么做，毕竟像姚雪儿这么高傲的人，有这样的反应很正常。

"你没事吧？"张美姣看姚雪儿回来，淡淡地问了句，不是出于关心，只是简单地问下而已。

姚雪儿摇了摇头，没有说话。她看了眼高琳琳的房门，见房门已经关上，便向一旁的谭小月问道："小月姐，琳姐没事吧？"

"没事。"谭小月摇了摇头，神色间有些无奈，随即看向姚雪儿，一脸关切地问道："你呢？"

"我没事啊，就是把那渣男揍了一脸血而已，但愿他不会因此而破相吧。"姚雪儿无所谓地耸了耸肩，说完，大咧咧地摆了摆手，说道："希望不要害琳琳姐丢工作。我困了，先回房了。"

"没事没事。"谭小月赶紧安慰姚雪儿，"琳琳刚才说了，早就想换一家公司了！"

"好吧！"姚雪儿一脸无奈，"看来我也只好回去睡觉去。"

"打了人家一脸的血，现在居然还能安心地回去睡觉？"张美姣望着姚雪儿的背影，一脸不解，满心地艳羡：所有匪夷所思的事到了姚雪儿这里就都变得稀松平常。参加富豪相亲俱乐部如此，做女主播亦如此！看似骇人听闻，大多数人会极力遮掩的事，到了姚雪儿这儿都成了理所当然、光明正大，真不知该说她是神经大条，还是就喜欢干这些令人瞠目结舌的事。

唉，有资本的人就是可以这么狂妄。

夜里，张美姣躺在床上辗转反侧。

她在想，如果自己真的得了绝症，爸爸该怎么生活？弟弟该如何安排？

张美姣越想越怕，越怕便越去想……

"姐姐。"张美强被她抽泣的声音吵醒。

张美姣停止了啜泣，应声道："啊？"

"姐姐，你在哭吗？"张美强好奇地问道。

"没有，没有，我刚才做了个噩梦，吓醒了！你快睡吧。"张美姣竭力掩饰着痛苦。她不想让自己的痛苦，演变成弟弟的负担。

一天又一天，分分秒秒都是难熬的。张美姣无精打采地走进教室，重重地坐在自己的座位上。她并没有注意到徐兰兰和曾馨。

曾馨转头问张美姣："张美姣，你最近神神秘秘地在干什么啊？"

"没干什么啊，我还是在干我那些兼职啊。"张美姣被曾馨问得有些心慌。

徐兰兰也转过头来对张美姣说："不对！你最近情绪不对。你以前再忙，上课的时候也是全神投入的，最近老走神。"

这时，曾馨和徐兰兰同时看着张美姣。张美姣像是受审的犯人一样，面对曾馨和徐兰兰的审视，忽然有些紧张起来，她想，一定不能让曾馨和徐兰兰知道自己的异常表现是因为自己被检查出小腹有一个包块，坚决不可以。她现在唯一希望的是，她们不要问起自己的体检结果，因为这是痛苦的根源。

偏偏事与愿违，徐兰兰哪壶不开提哪壶，向她问起了体检结果："唉，上次体检结果说让你去复查，没事吧？"

"没事，没事，你们想哪儿去了。"张美姣强忍痛苦，面带微笑地回答。

正巧，曾馨看到邵杰来上课，便向邵杰道："邵杰，难得你来上课哟！"

徐兰兰冲曾馨使了一个眼色，曾馨心领神会，笑着摆摆手，不再继续说话。

课间的时候，曾馨看见邹凯旋急冲冲地跑进教室，逗他道："凯旋同学，你这算是旷课了哦。"

"刚才……刚才……出了点事。"邹凯旋上气不接下气地说道。

"什么事啊？"曾馨发现邹凯旋脸色不对，好奇地问道。

徐兰兰也走上去，算是走个热闹。只见邹凯旋神神秘秘地回头，对曾馨低声说道："今天早上，教育学院大三的一个同学跳楼自杀了。"

"啊？"曾馨和徐兰兰听了邹凯旋的话，不可思议地喊了起来。

"嘘！小声点。"邹凯旋用食指抵住嘴唇，然后看了一下左右，发现没有引起同学注意之后，继续说道："学校刚才开会了，这件事情要保密，不然影响不好。"

曾馨和徐兰兰赶紧捂住嘴巴，并下意识地看了看坐在前面位置的邵杰。

邵杰静静地坐在位置上，什么也没有听到似的。张美姣在擦黑板，更是什么都没听到。

可是曾馨这样的女孩子，从小就生活在无比优越的环境中，受到家里竭尽全力的保护，所以当她听到这个消息后，心情久久不能平复。她以前也在新闻上看到过有人跳楼自杀，但那是很遥远的事情，可是，这次有人在自己大学里跳楼，而且是在她宿舍楼对面的那幢楼，仿佛一切恐怖的事情都在眼前，她觉得自己已经不敢在宿舍里睡觉了。

曾馨独自坐在校园图书馆二层的咖啡厅里，好长时间都回不过来神。

恰巧章家琦也来到咖啡厅的同一个角落，他手里拿着一本书。

"馨馨！"章家琦看见曾馨，心情很不错，在曾馨的对面桌坐下来，"我本来想来看会书的呢！"

曾馨猛抬头，看见章家琦满脸的灿烂笑容，刹那间，曾馨的情绪也好起来，似乎忘记了那天晚上她在搏击俱乐部看到的画面，这些天一直萦绕在她心里让她很不舒服的画面，也忘记了姚雪儿在搏击俱乐部说的那句"我也讨厌曾馨……"

"家琦哥哥，吓死我了。凯旋告诉我，今天早上，我宿舍楼对面的那幢楼上，有人跳楼自杀，我好怕，你得给我心理疏导一下！"曾馨急忙忙地跟章家琦倾诉。

"曾馨，你听我说。"章家琦放下手中的咖啡杯，继续说："这个同学他应该是有抑郁症的，听说平时都不怎么爱上课，但是谁也没有料到他会这样做……"

"啊呀，那可怎么办？"曾馨突然尖叫起来，打断了章家琦的话："邵杰、王乐他们天天逃课在寝室打游戏，那他们岂不是也很危险？"

章家琦原以为是什么棘手的事情，听到曾馨的这番话，他笑了笑说："不一样，他们不一样。"

章家琦拿起咖啡杯轻轻地呷了一口，继续说："但是，也因为这个事情，学校召开会议，动员各班班主任、学生会成员、学工部工作人员，让大家盯紧身边有异常表现的同学，防患于未然。"

"可是，"曾馨不知道是趁机撒娇，还是真的害怕了，幽幽地说道："可是家琦哥哥，我真的好害怕，怎么办？要不我回家住一阵子？"

章家琦看着曾馨可怜兮兮的眼神，忍不住笑了起来，温柔地说："没事的，学校已经找相关部门来处理了。你要学会坚强面对，你要知道，你终究会走上社会，会遇到各种各样的事情，也会遇到各式各样的人，所以，馨馨，你需要学会长大。"

曾馨望着章家琦，愣愣地出了神。

## 第三十三章　雨过天晴

**张美姣：得了，我再多找几份活干吧，只要命还在，就一定能赚到钱。**

张美姣去医院复检的第四天。她比平时起得还早。张美强也起得很早。

张美强飞快地洗脸、刷牙。张美姣从洗手间出来，发现弟弟蹭地坐回自己的床位，便问道："你干什么？"

"没干什么！"张美强淡定地回答。

张美姣先是狐疑地看看弟弟，又看看自己放在门口的包。

"你动了我的包？"张美姣问道。

"没有啊。今天起太早，好想睡觉。"张美强一副懒洋洋的样子。

张美姣检查了一遍自己的包，还是不能确定张美强到底有没有动过，便说："小孩子不能乱动别人的东西，知道吗？"

"知道了。"张美强还是一副懒洋洋的样子。

"要是有动过别人的东西，必须要老实交代哦，不然就变成偷了，那可就是小偷了，要抓去派出所的，知道吗？"张美姣继续试探地问。

"姐姐，我真没动你的包。我……"张美强一听到派出所，心里急得快哭起来。

在反复确定弟弟没有动过自己的包后，张美姣哄道："好了，好了，姐姐相信你，我们美强最乖了，从来不乱动别人的东西的，对不对？好了，上学去吧。"

送弟弟上学后，张美姣在公交车站等车。

起初，她有些急不可耐。她抬头看见蓝蓝的天空，白白的云，便开始浮想联翩，想起自己对章家琦的表白，原本痛苦的内心稍稍有些安慰。可是她的表白一点也不完美，反而显得拙劣，她想章家琦一定是看出来了，他只是没有点破，他一定在背后偷偷地笑话自己。想到这里，她不禁伤感起来。可是她又想：宇宙里有一颗火星，恐怕我一生都没有可能去了，可那又怎样？即使再不可能，我也面对我喜欢的人，亲口跟他说了我喜欢他，这一生，也算值了。没想到我张美姣竟然会想出"排练"这样的借口。想到这里，她的脸上终于露出一丝笑意。

经过几天的自我折磨，张美姣以为对复检的结果没那么在意了。可是当她走到医院的大门口，望着面前高高矗立的门诊大楼时，她的心里还是有些发虚，双脚也开始有些不听话，接着就是心跳加速。她在原地站了好一会儿，就是不愿意去拿复查报告。她希望结果是好的，但又害怕结果是不好的。她在拿与不拿这份复检报告单之间徘徊。

后来，她想，今天不去拿复检报告单的话，明天也是要过来拿的，就算明天不拿，也总有一天要过来拿，即使不拿报告单，医生也会来电通知的。反正自己总是要知道复检结果，既然来了，就去拿吧。说不定，结果正如她希望得那样好。

她穿过拥挤的走廊，还是硬着头皮走进了泌尿门诊科室。

门诊室内，医生对着光看着那张巨大的 X 光片，表情十分严肃。这让张美姣的心再次纠结。

"你多大啦？"医生用淡得出水来的语气问。

不知为什么，几乎所有的医生都是一副冰凉的面孔，从来不让病人在自己的脸上提前看出一点关于病情的蛛丝马迹。

"十八。"张美姣紧张地回答。

"你是大学生？"医生继续问，语气还是淡淡的。

"是的。"张美姣依然紧张。

"你们学校安排在哪里体检的？"医生再问。

医生一连串的发问，让张美姣紧张到几乎可以听到自己的心跳。

"砰——砰——砰——"

张美姣不敢说话，她是紧张得说不出话。

"这是你的体检报告，还有这是你的 CT 片，你的身体很健康，没问题。"医生的脸上仍然没有一丝表情。

"医生，您说什么？"张美姣愣愣地看着医生。

"没事，你的检查结果很正常，没问题！"

"什么？"张美姣虽然听到了医生的话，但是不相信自己的耳朵。

"可是，医生，"张美姣急切地说，"前面医生说我肚子里有包块，B 超看到的！"

"没有包块，"医生不耐烦地挥手说，"B 超有时候不准的！"

张美姣还是不信，手里捏着那张很贵的 CT 片子，"可是医生，我……"

医生大手一挥，"赶紧出去！"

张美姣几乎要喊出来："医生，这个 CT 花了我好多钱的……"

医生很生气，"这个片子显示你没有问题！怎么，你不接受这个结果，那我再给你开个单子，你再拍一次？"

张美姣拿着那张 CT 片走出了诊室。她此时知道了命运的改判，但是现在她整个人还是晕乎乎的，她简直不能相信这样的逆转。

她又确认了一遍，带着不可思议的神色："医生，我真的没事？"

医生只是挥手，不再回答。

"我真的没事？"张美姣重复了一遍自己的问题。


张美姣兴冲冲地跑出了医院。

跑到医院门口的时候，她还不忘对着北医三院的招牌给自己合了张影，然后大喊大叫起来，也不管身边有多少人把她当作神经病来看。

"我没事，我没事。"张美姣心里充满了死而复生的喜悦，继续大喊大叫："太好了，老天，我没事，我谢谢你，哦，不对不对，我要谢谢你全家，我可以继续挣钱，继续养我爸爸，继续供我弟弟上学啦。啊啊啊啊啊——"

张美姣冲着一脸惊讶的行人，拼命地摇晃自己手里的病历和那张巨大的 X 光片，喊道："我没事，我没事啊。你们听到了吗？我说我没事啊。我没事，真的，我没事……"

张美姣的脸上终于有了往日灿烂的笑容。

张美姣开心坏了。

忽然她又愤怒地皱眉——

"怎么会这样！"可怜的张美姣早已提前对学校的医疗报销制度做了了解，"我没病，不会死，这两千多的检查费没法报销了！"

但最终，张美姣还是望着眼前的车流与人群笑了。

"我就是这个命！"她自言自语说，"得了，我再多找几份活干吧，只要有命在，就一定能赚到钱。"


张美姣匆忙赶回学校。

到了学校，她才发现自己刚才有多神经。她现在恢复了自己原有的样子，但还是忍不住内心的喜悦，她冲着保安笑，是那种让人不知所以的笑，也是开心的笑。

"神经病。"上了年纪的保安瞥了一眼张美姣，对另一个保安说："我们学校尽是神经病。"

"小点声！"另一个保安小心地看着张美姣，"抑郁症，有可能是抑郁症。他们说有些抑郁症就爱傻笑。"


终于到了教室门口，整整一个上午可把张美姣累坏了。

教室内，老师准备下课："好了，今天这节课，我们就讲到这儿。"

张美姣"砰"的一声推开门冲了进来。把老师和前排的同学都吓了一跳。

张美姣先是愣了愣，然后像是做错事的孩子般真诚地说道："对不起，老师，我迟到了。"

　　"张美姣，你不是请假了吗？"曾馨笑着问道。

　　张美姣尴尬地跑到曾馨身旁坐下。

　　张美姣的一系列奇怪举动，引得哄堂大笑。

# 第三十四章　另类教育

张美姣：那你们还不如人家姚雪儿呢，人家再怎么不要脸，也还知道要逆袭，要上位。


老师走了。同学也呼啦啦往教室外走。

"张美姣，你一上午干什么去啦？"徐兰兰好奇地问道。

"张美姣，你这叫迟到啊，这叫旷课好不好！"曾馨开玩笑道。

张美姣什么话都没说，她放下包，哼着歌跑到讲台上擦黑板。

然后，她突然想到这个教室不是她勤工俭学的范围。转头，冲着曾馨她们笑说："不好意思。这个教室不归我管，可是我罚自己擦黑板。"

青春
资本论

"兰兰，你说她这两天是不是特奇怪？"曾馨转头跟徐兰兰说道："旷了一节课不说，心情还这么好。我还在想，张美姣会不会被昨天那个跳楼自杀的同学刺激到了呢。"

"什么跳楼自杀的同学？"张美姣擦完黑板走到曾馨和徐兰兰身边问道。

"嘘。"经过张美姣这么一问，曾馨突然想起邹凯旋说过这件事情是要保密的。

"啊，你昨天不是在吗？没听见？"徐兰兰压低声音继续说道："邹凯旋说，教育学院有一个大三的，昨天早上跳楼自杀啦。"

"还是在我们对面楼的男生宿舍楼哦。"曾馨补充道。

"自杀？为什么要——自杀？"张美姣有些震惊，随即很认真地问道。

"不知道啊，邹凯旋说是要保密。我们也不知道怎么回事。"曾馨低声道。

"对对对，要保密。"徐兰兰附和着。

张美姣想，既然要保密，那就保密好了。反正这些事跟我也没什么关系，我也没有义务知道。我现在已经够累的了，我可不能把时间浪费在这些事上面。

从医院回来之后，张美姣学习更加认真了，不仅认真听讲，还借着课间时间，把徐兰兰的笔记本内容都抄录下来，准备把落下的几节课给补起来。

放学的时候，张美姣把黑板、讲桌擦得亮亮的，把地板拖得干干净净。她恨不得给自己唱一首歌，对，她要唱歌。她抬头，发现邵杰还坐在座位上没有走。

"咦，邵杰？"张美姣看到邵杰，一脸疑惑道："都下课了，你为什么还不走啊？"

邵杰没有回答。

张美姣继续问："怎么样，去找过姚雪儿了吗？"

邵杰依然没有回答，还低下了头。

"不会是被拒绝了吧？"张美姣一脸坏笑地看着邵杰。

张美姣今天心情实在是太好了，所以她有些忘乎所以，什么话都敢说，什么玩笑都敢开。

她笑吟吟地走到邵杰面前，一脸揶揄地说道："不会是看到了人家，又不敢表白了吧？"

邵杰抬头，奇怪地看着她，仿佛在问她——你怎么知道我的心事？

张美姣笑着继续说："其实这也没那么难的，真的，就像我，我也喜欢着一个男生，从我入学第一眼看到他，我就喜欢上他了，一直以来我都觉得他高不可攀，甚至连在他面前说话的勇气都没有。但昨天我跟他告白了。"

邵杰一脸不解地看着张美姣，"第一眼见到就喜欢上了他"，在邵杰听来，仿佛这一切就是在说自己。

邵杰的认真聆听，更滋长了张美姣继续说下去的欲望："我知道我们之间根本不可能的，他跟我不是一类人。可是那又怎么样？你知道吗，当我跟他说我喜欢他的那一刻，我感觉自己突然解脱了，整个人都轻松了，真的。你也试试。"

张美姣说完后，邵杰没有直接回应，又低下头去，小声嘀咕道："我，我昨天也去了。可是，可是我没……"

"真的。我跟你说的是真的。"张美姣以过来人的语气继续说："只要你跟那个人说过，表白过，即使明天就死，这一生也值了，至少，你会发现自己很勇敢。虽然我们是没有什么资本，但我也从来不苛求什么。也许姚雪儿说的是对的，只要还有一点点，哪怕是那么一点点的资本，你也得好好利用。"

说到这里，张美姣发现自己竟然在夸姚雪儿，似乎还很赞同姚雪儿的观点，她觉得自己的想法有些不可思议，甚至觉得姚雪儿并没有自己说的这么好，于是马上改口道："可是，我还是讨厌姚雪儿，因为她真的是没有底线。"

说完，她看了看邵杰的脸。

邵杰抬起头看了一眼张美姣，然后又低下头，咕哝道："不是。那个，你不了解我，我是，我是觉得，我可能也有抑郁症。"

张美姣先是吃惊地看着邵杰，然后放声大笑起来。她一边笑，一边指着邵杰说："我说邵杰，你可不要侮辱抑郁症了，就你跟王乐，你们俩顶多也就是自闭症，还有懒癌嘛。你可得了吧，你抑郁，谁信啊？要不，你跟我去一趟医院，那儿有个通道，里边就是'告别室'，通道外面还经常停着殡仪馆的车，我这几天经过那里，你知道那是什么感觉吗？或者你干脆去殡仪馆看看，你要是在那儿待半天，你啥都好了。人生太短暂了，好好珍惜吧。"

张美姣越说越带劲，她今天实在太开心了，但她开心过了头，仿佛大脑神经都被破坏了，她接下来说的话，近乎没有经过头脑。她继续说："你们男生，太娘了！说活得没劲吧，又不去死！说去找点生命无限美好的感觉吧，你又懒得去！你们别美称拖延症了，你们就是伪娘症患者！要不得了，邵杰，你跟我出去，干兼职去！你看我有什么资本？我最大的资本，就是我敢拼的心！你没有？你哪天也爬顶楼上准备结束人生去？丢不丢人啊！你是活着，可是你从没活过！咱们穷人家孩子，不拼，怎么办？再说了，就算你爹是上市公司老总，你一生吃喝不愁，你不拼，不拼怎么证明你活着？什么狗屁抑郁症啊，大学的迷茫，那就是青春最后放个屁，你还能被这烟雾弹给消灭了！哎哟，你可笑死我了。"

张美姣轻蔑地看着邵杰，继续往下说："要真是这样，那你们还不如人家姚雪儿呢，人家再怎么不要脸，也还知道要逆袭，要上位，你好歹也干点啥，总得拼一拼吧？"

## 第三十五章　真相

**就连邵杰自己可能也搞不清楚自己的困惑，巨大的困惑，来自何处。**

张美姣忙了一天都不觉得累，因为她实在太开心了。她很晚才回家，所以她风风火火地回了租来的公寓，打开自己的房间。推开门，就看见张美强和姚雪儿坐在屋里聊天，而且聊得很开心。张美姣什么也没说，上前一把抱住张美强，在他脸上亲了又亲，惹得张美强羞愧难当，大叫起来。张美姣抱着弟弟，用十分不友好的语气对姚雪儿说道："哎，你的钱，我会还的。"

"张美姣，你想多挣点钱吗？"姚雪儿问张美姣。

张美姣疑惑不解地看着姚雪儿。

姚雪儿解释道："要不，我给你介绍几个兼职，你敢做不？"

姚雪儿的话勾起了张美姣的兴趣，张美姣问道："什么活？能挣多少钱？"

"一个是帮人管网店，下午 4 点到凌晨 12 点，每天 8 个小时，可以一边自习一边盯着，不太耽误时间，一个月基本工资 3000，还会有 10% 业绩提成，一般来说，每个月至少 4000 元左右。"姚雪儿说。

"工资很不错，可是我行吗？"张美姣有些不自信，又有些不好意思地问。

"还有，我想给你介绍两个做家教的兼职。刚才美强跟我说，他原来在家里学习不好，来了北京之后，你给他补课，他数学成绩都排到班级前三名，他觉得你比他们老师讲得好多了，我想你能行的。"姚雪儿信心十足地说。

"我很赞同你的观点，怎么说，我也算是学霸啊。"张美姣敲了一下弟弟的脑袋，转头看着姚雪儿，有些不好意思地补充道："当然，跟你是不能比的。"

姚雪儿说："你别谦虚了。这样吧，我先给你介绍两份家教，离学校近一点，也方便照顾你弟弟。"

姚雪儿看了下张美强，继续说："如果你做得好，他们可以接受的价位是 800 到 1500 元。"

"啊？这么多啊？"张美姣有些不可思议地问道。

"一个小时。"姚雪儿补充道。

"什么？这是一个小时的酬劳？"张美姣惊讶得下巴都快掉到地上去了。

"不过，我建议，你先从每小时 500 到 800 的价位开始做。"姚雪儿提议道。

"那也不少了哦。"张美姣显然是被震撼到了。

"是啊，所以你不要再盲目地做兼职了，你改改方向，时间宝贵，要做挣钱多的活儿，不然你养不起你爸爸和弟弟。"姚雪儿中肯地说道。

张美姣听了姚雪儿的话，陷入了沉思。

张美姣心想：我原本以为自己靠着努力和拼劲去做事，就可以养活自己和家人，可是姚雪儿通过巧用平台的方法就能达到事半功倍的效果，比我有用百倍千倍。姚雪儿，你要我如何不佩服你……

此时，张美姣一边出神地看着姚雪儿，一边想：我还是无法理解你的所作所为……你究竟是什么样的女人……

"张美姣，你一定要认真对待这份工作，相信自己能胜任，你可能不太了解，现在北京就缺好的老师，一些培训机构的老师一小时 2000 元起价，还根本都预约不上，只要你讲得好，有的是慕名而来的家长。"

姚雪儿的话，让原本十分鄙夷自己的张美姣完全折服了。

张美姣再一次陷入沉思，她越来越觉得姚雪儿是一个可怕的竞争对手，虽然她从来没有把姚雪儿当作自己的竞争对手，她也越来越觉得自己要重新审视自己对姚雪儿的态度。

"我先走了。你不用谢我，我只是在寻找合作伙伴，我在培养我的团队。"

姚雪儿轻描淡写地说道。

张美姣用感激又略显尴尬的微笑送走姚雪儿，她想起之前对姚雪儿的腹诽，心里闪过一丝愧疚。不过，她心里，更多的是对姚雪儿所作所为的无限好奇心。

男生宿舍里，王乐正疯狂地打电竞。

邵杰孤零零躺在床上，他在回想张美姣跟他说过的话。

"嘿。邵杰，英雄联盟啊，我的兄弟！兄弟！你这几天怎么老不玩，我一个人也够没意思的。"王乐抬头瞥了一眼邵杰道："哎，你这几天电脑就没动？你的网站呢？也不搞了？做什么网站？我就说没劲吧！又不是小孩，费劲巴拉整个网站放在那里，又没人看，有什么意思？"

邵杰望着天花板，没有说话。

王乐撇一下嘴巴，也不再理他。

王乐继续疯狂地玩着电竞，屏幕上的光不断闪耀，把他的脸闪得有些狰狞。

邵杰迷茫地瞪着天花板，游戏的光在闪耀，在闪耀。但是没有人知道他在想什么，他最好的朋友王乐也不知道他在想什么。

其实，就连邵杰自己可能也搞不清楚自己的困惑，巨大的困惑，来自何处。


同样面临巨大困惑的是张美姣。

深夜，张美姣睡不着，听见走廊上有姚雪儿的声音，好像还有男孩的说话声，张美姣急忙小心翼翼地下了床到门边偷听。

张美姣悄悄拉开门，在门缝里一窥究竟。

姚雪儿带着两个高大的男人从自己的门前走过，并跟他们说："今天一晚上都不能睡了。"

姚雪儿一边开门，一边对这两个高大的男人说。

"美姣？你没睡？"姚雪儿发现张美姣没睡，就向张美姣邀请道，"要不你也过来，提前上岗。"

听了姚雪儿的话，张美姣一愣，心想，她刚才跟这两个男人说话这么暧昧，难道是要做见不得人的事？现在她不会是在拉自己下水吧？要是跟她一样，岂不是同流合污，传出去的话，自己还怎么见人啊。想到这些，张美姣有些迟疑。

可是她实在忍不住自己的好奇心。她想，死就死吧，反正我要搞清楚姚雪儿究竟在搞什么鬼。

张美姣蹑手蹑脚地走进姚雪儿的房间，惊讶地看着眼前的一切，因为灯光的关系，她清清楚楚地看到两个男生在一道布帘后面脱衣服。

"啊！"张美姣吓得尖叫起来。

她就知道姚雪儿不自爱，她就知道姚雪儿要拉她下水，她坚决不能被拉下水，所以她撒腿就想跑，结果被姚雪儿严严实实一把抓住，并被强行拖进了屋子。

"吭"的一声，门被无情地关上了。

但是还能隐隐约约听见张美姣凄惨的尖叫声。

## 第三十六章　走上楼顶的男孩

　　姚雪儿：你现在只知道，你拥有它，它是你的，你需要经营它，运作它——忽然有一天，你发现，你一下子拥有这么多，你一下子变得强大，富有，不怕任何打击，不怕任何压力。

　　男生宿舍楼顶，邵杰一个人坐在楼顶的围墙边上。他背对着夕阳，看着远处城市惨淡的风景。

　　当姚雪儿赶到的时候，楼下早已被围得水泄不通。章家琦、邹凯旋、王乐、张美姣、徐兰兰等人一脸焦急地看着顶楼上的邵杰，但没人多说一句话，好像说一句话就会被楼顶的邵杰听见，就会有危险发生。

　　"姚雪儿，你来了。"邹凯旋见姚雪儿出现，立马迎了上来，并不是因为姚雪儿多有威信，而是他也知道，长久以来邵杰都喜欢着她，所以当他知道这件事后，第一时间给姚雪儿打了电话。

姚雪儿看了眼楼顶上的邵杰，眉宇间闪过一丝怒色，神情冷峻地道："我上去跟他谈谈吧。"

"嗯。"邹凯旋点了点头，并迅速返身对控制秩序的老师们说道："这就是姚雪儿！老师们，让雪儿上去跟邵杰谈谈吧。"

一位比较年长的老师看了看姚雪儿，又看了看顶楼上的邵杰，沉默片刻后，说道："同学，你可要考虑清楚。要知道，你现在上去，你个人也是有危险的。"

"我跟她一起上去！"章家琦一步迈出站在姚雪儿身旁，显然是担心姚雪儿的安危。

"不行，不行！"邹凯旋急忙劝阻，略一沉思后，继续说道："家琦你绝对不能上去——这样，我们两个一起上去，楼顶有一个阁楼间，我们躲在后面，随时准备着！"

"计划好了吗？"姚雪儿扭头看了邹凯旋一眼，脸上神情淡漠。却在看向邹凯旋的同时，看到了徐兰兰手中的透明水杯，说道："兰兰，借你的水杯用一下。"

徐兰兰紧张得双手直哆嗦，语气有些颤抖地说道："好！好！你要喝吗？只有半……只有半杯水了！"

姚雪儿上楼了，所有人都紧张地看着楼顶那个模糊的

青春
资本论

232

影子，焦灼地等待她出现。

楼下，张美姣急得如同热锅上的蚂蚁，懊恼道："邵杰要是出了事，我也跟他一起跳楼！"

"干什么？你干什么？别瞎说！"徐兰兰有些气恼。

张美姣带着哭腔，嘶哑了嗓子低声喊道："你不知道，也许是我，我昨天骂他了，还骂得特难听。"

张美姣感觉到徐兰兰在注视自己，她恨不得钻到地缝里去，悔不当初地说道："嗨，我恨死我自己了！"

中年老师劝慰道："别紧张，你们别太……保卫处已经在联系派出所——会有救援气垫过来支援。"

一旁的张美姣闻言，急忙说道："老师您一定告诉他们先别进来——要不，万一，本来他不是那个意思——再说，让同学们看见也不好。"

中年老师点了点头，应道："当然，不到万不得已，他们不会进校门。"


楼顶上，姚雪儿不紧不慢地走到邵杰身后。

"嗨，邵杰。"姚雪儿的语气跟往常一般，平淡无奇。

邵杰扭回头，脸色有些吃惊，诧异道："姚雪儿？你怎么来了？"

姚雪儿抬头看一眼夕阳，嘴角撇了撇，冷漠道："我来看风景，没想到你也在这儿。"说话间，姚雪儿走到邵杰身旁，轻轻一跳，坐在邵杰身边，看着邵杰的脸，疑惑道："为什么背对着夕阳？"

"那边太刺眼。"邵杰一脸木讷且诚实地说道。

姚雪儿轻笑了笑，撇嘴道："我还以为你个性中有哲学家的那一面，会觉得这一面的风景没有被晚霞渲染，更清晰。"

邵杰微微苦笑，看了眼姚雪儿，有些失神地道："你，你笑了？"

"嗯？"姚雪儿皱了皱眉头，疑惑道："怎么了？"

"我从来没看你笑过，一直想着你笑起来会是什么样子。"邵杰有些愣愣地说道。

"失望了？"姚雪儿再次露出一丝笑意。

邵杰呆呆地摇摇头，傻傻的却很认真地说道："很漂亮，很美，比我想象中的还要美。"说完，邵杰又有些遗憾地补充道："只可惜以前都没见你笑过。"

"是吗？那你是幸运的，我对绝大多数的人都没笑过。"姚雪儿再次轻笑着，恍若小女生一般。

闻言，邵杰有些欣喜地点了点头，对姚雪儿这番话，邵杰倒是毫不反对。以他对姚雪儿的了解，姚雪儿怎么会轻易对人笑呢？

见状，姚雪儿举起手中的半杯水，揶揄道："哎！

电脑玩得那么好的哲学家。我小学就被人问过一个奇怪的问题：如果有半杯水，乐观的人会说，真好，还有半杯水呢，悲观的人会说——嘿，只有半杯水了。你猜，我第一次被问到这个问题，我怎么回答？"

墙角处，章家琦、邹凯旋蹑手蹑脚爬上楼梯，躲在墙角后往楼顶偷看，紧张得不敢出一口大气。

见邵杰一脸茫然地摇了摇头，姚雪儿再次轻笑道："那时候，我很狂妄，我说——哼，我拎起杯子来，给它摔了！"说完，抬起手，要把杯子扔下去。

"哎！"邵杰下意识抬手想要去挡。

姚雪儿却把手一扬，身影晃动，看着邵杰，嘴角上挑，轻笑道："哎，你说我那时候，是不是很狂妄！"

邵杰脸上勉强挤出一丝笑意，只是静静地看着姚雪儿，不说话。

"你也知道，我动不动拿《资本论》跟人大谈资本。我发现，我现在长大了，成熟了，我回头去想，觉得自己那时好好笑，好笑在于——我那时候的狂妄与愤怒，是在于觉得这杯水——它是别人给我的，甚至是赏赐我的，我觉得别人给的赏赐不够多，我才会那么愤怒——换了现在的我，我再看这杯水，其实它是没有来源的，你不能跟它计较它的来源，你现在只知道，你拥有它，它是你的，你需要经营它，运作它——只有它变得更多，更大，更强，以至于源源不断——忽然有一天，你发现，你一下子拥有这么多，你一下子变得强大，富有，不怕任何打击，不怕任何压力。你那时再回头看，哦，原来那半杯水，真的是你的，真的属于你。"

说到这时，姚雪儿语气一顿，似乎是在给邵杰吸收和思考的时间，数秒后，继续道："就好比，你要开一个公司，那半杯水，它是你的创始资本，而创始资本，无所谓多寡，因为你本来就不多——你只要拼上你所有的努力，未来它会变得好多。你知道这是商业时代，那么多开公司的，最后胜出的，是本金多的还是本金少的？真的很难说，英雄不问出处——但可怕的就是，手中有本金，但又不知道自己有本金，因为只觉得自己很可怜、很可怜，这样的话，任凭是谁，他都会觉得世界是可怕的，因为他自己是可怕的，因为他是白痴！"

说完，姚雪儿看着邵杰，邵杰也看着姚雪儿。

"你知道，在大学里为什么我们每个人都迷茫，都痛苦吗？"姚雪儿语气开始慢慢地转变，恢复她以往的样子。

邵杰迷茫地看着姚雪儿，不知该如何作答。

姚雪儿嘴角一撇，说道："因为百无聊赖，因为，一直在被迫地读书，只听说过未来，却看不到未来，看不到未来，也就看不到自己。"

邵杰依然一脸迷茫地看着姚雪儿，半天不说话，只是听着，静静地听着。

"所以，需要把未来拉近，近在眼前，提前看清，知道自己想要什么；所以，要把自己从空洞中挖掘出来，摆在自己想的东西面前，让自己干些什么，让自己兴奋起来，让自己忙起来。人一闲下来，乱七八糟的事情就多了。"姚雪儿一脸斗志地说着。

邵杰想了想，一脸好奇道："你整天翘课，到底在忙什么？其实，你并不是他们说的那样对吗？"

"他们说的？"姚雪儿先是一顿，紧接着嘴角一撇，不屑道："我管他们说什么呢？我只是做我自己想做、自己该做的事。你知道吗，我一直有一个计划，我要——至于他们说什么，我一点都不在乎！"

邹凯旋偷偷探头看着楼顶的姚雪儿和邵杰，边拍了拍发麻的大腿，边叫苦道："我的天哪！他们在聊什么？这都40分钟了！天都快黑了！"


邵杰傻呵呵地笑着，闷声说道："嗯，我也不喜欢管别人说什么。"

姚雪儿看着邵杰，无比灿烂地笑了，一双眼睛亮闪闪的，忽然，提议道："哎，邵杰，我忽然想到——你，要不要也加入我们，我们一起，玩点大的，玩点真格的！"

邵杰困惑地望着姚雪儿，吃惊道："我？我能行么？"

角落处，邹凯旋已经直接一屁股坐在了地上，仰头看着星空，百无聊赖地说道："我看，没问题了，你看邵杰笑得那么开心，真没想到，邵杰也这么能说啊，这都一个小时了，都满天星星了。"

说话间，邹凯旋眼角的余光一直在暗暗观察着章家琦。

章家琦专心地望着那边的姚雪儿——夜空中的影子。

见章家琦没反应，邹凯旋推了推他的肩膀道："哎，章家琦。"

"啊？"章家琦一脸木然地回头，显然没将邹凯旋之前的话听进去。

见状，邹凯旋撇了撇嘴，说道："这都一个半小时了，肯定不会有事了！这两个人，以为野营呢，都把我们忘了！现在邵杰这么能说，放心，不会出事了！我保证！也许本来就是一场误会！我先下去了。"

"哦，好。"章家琦心不在焉地应了声，视线依然停留在姚雪儿身上。

邹凯旋看着章家琦，琢磨片刻后，饶有兴致地说道："章家琦，我能不能问你一个问题。"

"嗯。"章家琦点了点头，却是连头都不回下。

见状，邹凯旋心中更是笃定，嘴角微微上挑，轻笑着道："章家琦，你一定喜欢这个姚雪儿，这太明显了。关键我想问的是，你喜欢姚雪儿，喜欢到什么程度了？"

　　闻言，章家琦顿时脸色一怔，回头一脸懵懂地看向邹凯旋，茫然道："嗯？"

## 第三十七章　转变

**奇怪！他们神神秘秘的，在忙什么？**

"兰兰！美姣！怎么回事啊？"曾馨火急火燎地从远处跑来，纳闷怎么自己才离开一会儿工夫，学校就出了这么大的事？

此刻，张美姣抱着徐兰兰欲哭无泪，看见曾馨，也一把抱住她，精神显然紧绷到了极点。

"别着急，看，雪儿在上面呢，和邵杰聊了好半天了——章家琦和邹凯旋，两个学生会主席都在上面。"徐兰兰倒是冷静了一些，当然，这也只是相对张美姣而言。

"看不见他俩啊。"曾馨仰着头，定睛看了许久。

"呜呜，要是姚雪儿出事，我也跟着她一起跳楼，我也不活了！"张美姣的肩膀开始抽动，泪水在眼眶内打着转。

不一会儿，邹凯旋急匆匆地跑下楼来，老师、同学立刻从藏身的地方聚过来。

"哎，大家都散了吧！没事了！楼上有说有笑的，到后边，邵杰比姚雪儿还能说！我的天！"说话间，邹凯旋一手拧了拧太阳穴，一手拍了拍发麻的大腿，显然，在上面待得并不舒服。

"真的没事吗？他们两个都没事？"张美姣一再确认后，终于放下了心中的大石，双手合十，胡乱说道："阿弥陀佛，哈利路亚，我的神啊！上帝啊！谢谢！谢谢！谢谢！"

邹凯旋别有深意地看了眼跑过来的曾馨，脸上闪现出一抹复杂的神情，继续对众人说道："你们都回去吧，我和王乐在这儿盯着。"

曾馨抬头望着楼顶，作势就要上去，说道："章家琦还在上面？我上去看看。"

邹凯旋哪里会让曾馨上楼？伸手一把拉住她，说道："别——不要上去——万一出什么事——我是说——万一被邵杰看见，你知道，他这时候，肯定不喜欢人多。"

夜已深，校园寂静无声。正所谓人生如戏，几多欢喜几多愁。从楼顶下来后，章家琦六神无主地回到宿舍，辗转反侧。一种莫名的冲动，让章家琦打开手机，再次进到美少女直播室，进到姚雪儿的空间。

"精彩直播回放？"章家琦心中一喜，顿时来了精神。

一幅熟悉的画面在屏幕上呈现，那个化着彩妆，熟悉而又陌生的女子。

……

章家琦一直看到天亮。


一大早，张美姣急匆匆地跑进教室，屁股刚一坐下，便满屋子找人，向曾馨问道："邵杰没来？"

曾馨把玩着手中的圆珠笔，百般无聊地说道："没事的，我问过王乐了，一切正常，一大早就起床，去食堂吃饭，然后就回去了，还给王乐带了饭——回去就打开了电脑！"

"阿弥陀佛！"张美姣如释重负，心中的大石彻底地放下来了。

见状，曾馨与徐兰兰对视一眼，随即瞄向张美姣，意有所指地说道："哎，我突然想起来了，昨天某人对某人的态度，变化好大啊！"

"谁啊？"张美姣立刻装傻充愣。有些事情，表现出来是一回事，当面承认又是另一回事，以张美姣的性格，自然不会轻易地"屈服"或是"认输"。

"谁啊？"曾馨与徐兰兰意犹未尽，手指满屋子转，最后停在张美姣身上，说道："就是你啊！"

张美姣有些不好意思地笑了笑，说道："我……我以前可能误会她了。"

曾馨与徐兰兰相视一笑，继续道："谁啊？"

无奈，张美姣只能红着脸，趴在桌上哭笑不得。

见状，曾馨与徐兰兰也不乘胜追击，淡淡地道："哎，我们也好奇——她整天在干什么呢？哎，跟我们说一说。"

张美姣抬头，正想开口，却见老师走进来，立刻正襟危坐，小声说道："等下课——哦，等明天吧——我下课就得走，我有事。"


校园内，章家琦独自闲逛着。篮球场上，只剩下邹凯旋与曾馨在 PK。

曾馨一脸郁闷地嘟囔着："哎，王乐也不来了？"

邹凯旋挠了挠头脑袋，也是一脸费解："这些天王乐跟邵杰不知道在忙什么——哎，这两小子怎么神神秘秘的，我一会儿回去得问问他们。"

又过了几日，曾馨晃晃悠悠地走进教室，先是环顾教室一圈，紧接着，眉头微微皱起，一脸诧异道："哎，好奇怪！"

徐兰兰茫然地抬起头，不解地问道："怎么了？"

曾馨一脸兴致勃勃地说道："邹凯旋！邹凯旋也逃课了！嘿，我给他打电话！他们寝室集体逃课，连他都下水！"说着，曾馨拿出手机，对着邹凯旋的号码拨了过去，没等对方说话，便连珠带泡地说道："喂，邹凯旋，你怎么也不来上课？老师肯定能发现，你目标太大了！"

"哦，曾馨啊，我和邵杰、王乐忙点事，先这样，挂了啊。"紧接着，一段嘟嘟嘟的忙音响起。

"奇怪！他们神神秘秘的，在忙什么？"曾馨嘟囔着收起手机，一脸疑惑的神情。


男生寝室内，邵杰、王乐趴在电脑前全情投入。

邹凯旋站在他们身后兴奋地看着，不由地赞叹道："你们效率真高！"

邵杰咧了咧嘴，满脸掩饰不住的喜色，拔出 U 盘，嘴角处浮现出一抹欣喜的笑容。

王乐也紧接着起身，临走时还不忘拍了拍邹凯旋的肩膀，说道："走了，会长大人，你继续看着你的曾馨美眉，我们哥俩去为我们的梦想奋斗去了。唉，青春是我们最大的资本，且用且珍惜啊！"说完，跟着邵杰大步流星地走去。

寝室内，邹凯旋看着两人离去的背影，眨了眨眼，细细地品味着王乐说的最后那句话，嘟囔道："这话不应该是姚雪儿的口头禅吗？呃，不对，姚雪儿不是这么说的，看来这两小子受姚雪儿的影响不小嘛。"

出租屋内，张美姣推开姚雪儿的房门。

房间内，姚雪儿、邵杰、王乐坐在桌旁，似乎在酝酿什么重大决定。

张美姣赶紧走进去坐下，略带歉意地说："对不起，我迟到了三分钟，刚才教室门锁有点不好用，我打扫完得锁好——放心，明天我所有的勤工俭学就都到期了，不做了！"

姚雪儿微微一笑："好！我们开会吧！"

# 第三十八章　机会

XX 大学。

又是选修课，又一次，姚雪儿和章家琦在同一个教室里，章家琦依然坐在姚雪儿身后，静静地看着。

下课，姚雪儿走出教室，章家琦跟在后面。姚雪儿漫无目的地走着，章家琦同样不知目的地跟着。

许久，姚雪儿忽然回头，看着章家琦，眼中闪过一抹异样之色，嘴角微微上挑，说道："你的学生会主席，能不干吗？"

"嗯？"章家琦一愣，"啊？！"

"可以考虑辞职吗？"姚雪儿认真地说道。

章家琦皱了皱眉，眼神怪异地看着姚雪儿，不解道："理由？"

"理由？你有继续干下去的理由吗？"姚雪儿嘴角一撇，答非所问地说道："大学学生会主席——20%的因素是哄哄那些傻女生、满足一下虚荣心吧，至于其他的资源，对你没那么重要吧？"

章家琦木然，眼神怪异地看着姚雪儿，耸了耸肩，傲然道："然后呢？"

"然后？"姚雪儿嘴角一挑，微微一笑，眼眸中闪现出一抹狡黠的光芒，说道："要不，让邹凯旋接管？真的，他更适合干白道，你是——黑道的。"

这是什么逻辑？什么叫自己适合干黑道？章家琦蹙眉看着她。

"嘻嘻。"姚雪儿灿烂地笑了笑，向章家琦伸出手说道："你跟我们一起干吧，我们需要你！"

章家琦傻傻地看着姚雪儿，有些迷惘，有些诧异，还有些沉醉其中。他在脑海中想象过无数次姚雪儿真正的笑容，想得尽可能的美。可这一刻，章家琦发现，自己的想象远远没有现实中这般动人心魄，远远没有眼前这一幕迷人。下意识地，章家琦也笑了，笑得很轻松，很灿烂，他情不自禁地吐出两个字——

"好啊！"

虽然在三秒钟之后他就后悔了。


不远的一个转角处，曾馨看在眼里，她从未看到章家琦这样的笑容。明明自己是见过章家琦笑得最多的人，但无论如何都想不起何时见到过他这样的笑。


章家琦做事果然雷厉风行，在答应姚雪儿的当天，便向学生会递交辞呈，并指定由邹凯旋接替自己的位置。

没有理由！

不留余地！

无比决绝！

可以说，章家琦是 XX 大学至创立学生会以来，第一个卸任得如此迅速的学生会会长。

咖啡厅内，章家琦和曾馨坐在靠窗的位置上，章家琦搅拌着一杯咖啡，曾馨捧着一杯果汁。

"家琦哥哥，你喜欢姚雪儿是吗？"曾馨最终还是忍不住问了，眼眶有些红润，更充满着希望。

章家琦神情一顿，停止了手中的动作，抬头看着曾馨。他很难启齿，但他无法欺骗曾馨，更无法回避内心真实的感觉，沉默片刻后，章家琦点了点头，说道："是的，我喜欢她，我也不知道从什么时候开始就无法自拔地喜欢上她，我没办法欺骗你，更欺骗不了自己。"

"有多喜欢呢？"曾馨有些哽咽，泫然欲泣地看着章家琦，极力克制着自己情绪，问道："比喜欢我，还要喜欢吗？"

"馨馨，你们不一样。"章家琦认真地说道，看着曾馨难过的样子，他心里有些沉重："我喜欢你，因为你从小就像是我的妹妹一样，我会永远地喜欢你，在我的世界里，你是永远不可替代的。"

"那姚雪儿呢？"曾馨双眼噙着泪，不依不饶地问。

"她？"章家琦嘴角上挑，微微一笑："她就是我的对手，是给予了我新生的种子。我们明明水火不容、相斥相悖，但却能惺惺相惜、相互珍视。跟她在一起，我能感觉到自己在成长，自己在壮大。虽然她的那套资本论有些离谱，甚至偏激，但我就是忍不住去思考、去想、去感受她带给我的震撼。我甚至不知道该怎么跟你解释我对她的感情。"

说到这时，章家琦看着曾馨，无奈地苦笑了声，说道："知道么？她就像是一个领袖，又像是一个魔鬼，让人无法自拔地跟着她的脚步，却又永远看不清她在想什么。有时候，我明明感觉她近在咫尺，可一回头却发现远在千里。我甚至……"

"够了，家琦哥哥。"曾馨看着章家琦，眼眶依旧红润，但眼中已然没有了泪水，她噘了噘嘴，有些任性地说道："人家只是问你到底有多喜欢姚雪儿，你跟我说这么一大堆有的没的干什么？哼！别怪我没提醒你，这一次你要是选择了姚雪儿，这辈子我就只能是你妹妹了，要是你现在后悔还来得及。"说完，曾馨白了章家琦一眼，继续道："要是不后悔就快滚吧！等我反悔了，你再想走就没那么容易了。"

闻言，章家琦愕然。看着曾馨可爱熟悉的样子，章家琦心中一酸，却又是一暖，施施然地起身，走到曾馨身旁，顿了顿，说道："馨馨，无论将来如何，我永远都是你的家琦哥哥，你永远都是我的妹妹！这一点，谁都不可改变，姚雪儿也不行。"说完，章家琦深吸了口气，踏出脚步就要离开。

"家琦哥哥！"曾馨突地起身，站在章家琦的身后，紧紧地抱住他，声音有些哽咽道："让我再抱抱你。"

同一时间，另一间咖啡馆内，姚雪儿与朱玉宁相对而坐。

"怎么样？你的计划有什么新的进展吗？"朱云宁搅拌着咖啡，一副温文尔雅的模样。

"已经开始启动了，基本的构建已经成形，接下来就是资金和推广的问题，互联网不都是烧钱的吗？"姚雪儿认真地说道。自从上次与朱玉宁深谈后，他们之间就建立起一种默契，那种感觉，既像知己，又像一种导师和学生的关系。姚雪儿心里想，朱玉宁就算自己的创业导师吧。

"嗯。"朱玉宁点了点头，说道："你这个丫头，就是犟，原本只要你点个头就能迎刃而解的事情，非要搞得这么麻烦。"说完，朱玉宁嘴角微微一挑，轻笑了笑："不过，我这个当老师的也不是吃素的。你不是要靠自己，不愿意接受外力帮助吗？行，我给你找了个机会，过几天有个剧组过来，我跟他们的负责人联系好了，也推荐过他们看你的小说，他们看了很有兴趣，想要拍成电影。到时，你带上你的小说一起过来，我给你们搭个线，至于能不能成，就看你自己的本事了。怎么样，这个人情你应该能接受吧？"

"嗯，谢谢你，嗯，大叔。"姚雪儿一脸欣喜地说道。

"大叔？"朱玉宁脸色一僵，摸了摸下巴，审视了下自己的衣着，诧异道："我有这么老吗？"

"不老，而且还是正当壮年，最有男性魅力的时候。但是，我不能叫你老师，因为我的那些老师都可以做你大叔了，那样反而会把你叫老。而且，我也不能叫你大哥对吧？所以，想来想去，也就只有大叔这个称呼最合适了，既彰显出了你的不寻常，听来又显得亲切。"说完，姚雪儿微微一笑，揶揄道："要是你不喜欢大叔这个称呼，我叫你老师？"

"哎，算了，算了，大叔就大叔吧，这年头的女生都喜欢像我这种有成熟男人魅力的男人，不是吗？"朱玉宁也开着玩笑。

"嗯。"姚雪儿点了点头，紧接着眼珠转了转，说道："大叔你不会还单着吧？"

"怎么可能？你觉得我会是这么没有魅力的人么？"
朱玉宁笑看了姚雪儿一眼，喝了口咖啡，继续道："其
实，你跟我爱人很像。我跟她是在大学的时候认识的，那
时候的她和现在的你，简直是一模一样，只可惜，她最终
选择了放弃自己的理想而成全了我，这是她的遗憾，也是
我最大的遗憾。"

"所以，这也是你选择帮助我的原因之一吗？"姚雪
儿说道。

"你说呢？"朱玉宁看着姚雪儿，嘴角露出笑意，温
和地说道："好好努力！大叔很少这么看好一个年轻人，
别让大叔失望了。"

# 第三十九章　秘密筹备

章家琦：姚雪儿，告诉我，如何才可以驯服你，你这样，这样一匹桀骜不驯的——烈马？

家里的速溶咖啡没有了，网购也不会马上到货，姚雪儿匆匆忙忙跑到楼下小咖啡馆买摩卡。

"两杯。"姚雪儿累得有气无力地说。

姚雪儿最近比以前更忙碌了。

可是，就在姚雪儿一扭头的刹那，她忽然看到咖啡馆角落里两个熟悉的身影，姚雪儿张大了嘴巴。

是高琳琳！还有那天那个流氓——陈庆来！

姚雪儿急忙把风衣的高领竖起来挡住脸。

姚雪儿小心端着咖啡，走到近角落的位子上坐下来。

"陈庆来，你无耻！"高琳琳压低的嗓音很气愤，脸都红了，"你说是来向我道歉的！"

"我向你道过歉了！因为我的推荐信，你的新东家不要你了？嘿，我无耻？"陈庆来摘下鼻梁上的眼镜，细致地擦了擦，脸色很难看地说道："高琳琳，这就是你的觉悟吗？金融硕士毕业，奋斗了四年，嘿嘿，这四年来你就只学到了这些吗？"说话间，陈庆来再次将眼镜架回鼻梁上，眼神戏谑地看着高琳琳，有些讥讽地说道："作为一个女人，连自己最强的资本都不懂得运用，你难道天真地以为自己埋头苦干就能升职，就能坐上部门主管的位置？"

高琳琳肩膀颤抖着，泪水在眼眶中打着转，目光里尽是无法言说的愤怒。

陈庆来嘴角挑了挑，似乎很欣赏高琳琳现在的表情，这让他有种近乎扭曲的快感，他鄙夷地笑了笑，继续道："只是埋头苦干的话，我为什么不提拔公司里的扫地阿姨呢，貌似她比你更勤劳对吗？而且我相信她一定比你更聪明，如果今天换成了她，我想她现在会马上回家洗个澡，然后换上最性感的内衣等候我的大驾光临，对吧？"

高琳琳羞辱得流出眼泪！

陈庆来望着她，像望着嘴边的小猎物。

"所以，在你眼里我连扫地阿姨都不如是吗？就因为我不愿意跟你发生那种关系是吗？"高琳琳流着泪，冷笑着，看着陈庆来，眼神愈发地冷漠，继续道："所以，在你眼中像我们这种只知道凭自己的实力打拼，却不懂得经营自己肉体的女人就连公平竞争的机会都没有是吗？"

"难道不是吗？"陈庆来耸了耸肩，言语轻佻地说道："作为一个女人，连自己的资本都不懂得运用，还谈什么经营别人的资产呢？"

"对！你说得没错，一个不懂得运营自身资本的女人的确不配经营别人的资产，可是陈庆来，你会不会是误会了？你这样一个猥琐小人，有资格来运营我的资本吗？你一个只知道溜须拍马的人渣，配得到本小姐的资本吗？"高琳琳直视着陈庆来，嘴角的冷笑越来越浓，看着陈庆来渐渐沉下来的脸，高琳琳继续道："对，在你眼里我现在或许连一个扫地阿姨都不如，可你有问过你自己吗？你自己又是什么？你在本小姐眼里又能是什么？"

"高琳琳！我看你是疯了，你不想在北京的金融圈混下去了？"陈庆来脸色阴沉，"你要知道，就算你跑到其他城市去也逃不出我的手掌心！"

高琳琳眼睛通红，怒视着她曾经的上司——这个厚颜无耻的男人。

姚雪儿再也忍不住了，扭回了头。


"怎么又是你？"姚雪儿放下风衣的高领。

"雪儿！"高琳琳惊讶地喊道。

高琳琳着急地看着姚雪儿，"雪儿你别误会！是他来找我的，说要向我道歉我才……"

"琳琳姐别担心，"姚雪儿示意高琳琳，慢慢举起手中的手机，"刚才你们的对话，我都听见了！"

陈庆来狡黠地望着姚雪儿的手机——

"是的，"姚雪儿得意地冲他笑着，"我都录下来了！"

高琳琳眼睛又红了，眼泪再次滚下来！

姚雪儿站起来，把手机举到陈庆来面前，"我知道你这样的人，你知道女人都怯弱，一般不会把你们的劣行公之于众，你要拿捏住琳琳姐下一步在职场的推荐信，要继续占她的便宜！"姚雪儿气得发抖，"这个世界真是奇怪，越是善良越引发邪恶！你如此放肆地欺负琳琳姐，只是因为她是个过于温柔善良的女孩！"

姚雪儿看着高琳琳，"真的，琳琳姐，我一定要劝告你，就像南郭先生和狼，就像农夫和蛇，如果你们的善良反而养育了邪恶，那你们的善良就是邪恶，以后，不要再给这样的——"姚雪儿再次盯着陈庆来的脸，"这样的不知羞耻的男人留一丝作恶的机会了！"

出租屋内，姚雪儿在电脑前画着彩绘，随后进入直播空间。

姚雪儿努力平复着自己的情绪……

屏幕上，弹幕刷屏般滚动着……

蝴蝶夫人真的要最后告别吗？

我们一直没有见到你的真面目啊！

今天一定得让我们看到脸！

一堆弹幕：一定要看到脸！一定要看到脸！

搏击俱乐部内，王乐饶有兴致地道："哎，美少女直播那边怎么这么热闹？女主播最后告别？最后告别？这个是谁？看着好面熟啊？"

一旁邵杰迅速地冲了过来，一点鼠标关掉了直播空间，同时伸手关掉屏幕，催促道："哎，别瞎看了！赶紧干活！"

而在此刻，寝室内，章家琦盯着屏幕，盯着姚雪儿画了彩绘的脸，心中喃喃自语道："真的是你。"

弹幕：蝴蝶夫人，打赏 18 万，我要看你真人。

姚雪儿盯着屏幕，一股鄙夷和怒意从心头升起，伸手碰触键盘，手指在按键上迅速地跳跃着。

对不起！

紧接着，姚雪儿继续在字幕中输入：直播是个怪异的地方，我可以接受大部分的游戏规则，但我永远是我，谁都改变不了的——是我！

最后，姚雪儿似乎在发泄一般，继续输入：拿你臭钱滚蛋！

屏幕上，一大片弹幕滚动上来！姚雪儿看着眼前的字幕，嘴角微微上挑，一声冷笑。

"嘿。"章家琦看着屏幕上姚雪儿，嘴角微微挑起，脸上露出一抹一闪即逝的笑意，手机快速退出直播，进入精彩回放页面。

画面中，姚雪儿脱掉了身上披着的外衣，露出裸着的肩膀，腰身……

姚雪儿转过头———一身泳衣。

姚雪儿指着墙上挂着的许多件泳衣——

姚雪儿："这款是从澳大利亚新引进的泳衣，最新材料技术，呃，我马上发一个网站链接给大家，上个月微信里有篇文章就是介绍它的创始人，凭借这款新材料，他的网店财源滚滚——布料和设计都不 Low 的宝贝，大家请赶紧去我网店拍。"

"姚雪儿！"章家琦拿着手机，脸上显出奇怪的笑意，"姚雪儿！真有你的！"

章家琦自言自语："你根本就不是大家所想的那样，

为什么一直不辩驳呢？哦，对了，其实不是别人误解你，根本就是你自己，一开始恨不得昭告全世界，你去参加富豪相亲俱乐部，你做网络女主播，你半夜就会脱……"章家琦长长地舒一口气，仰头向着天，几乎在喊着："姚雪儿！你这个魔鬼！我让你骗得好苦！是因为你的骄傲吗？骄傲到可以无视所有人的看法和目光？还是因为我们所有人，根本无法进入你的视野，根本无法进入你的心，所以你根本不顾忌我们的想法呢？"

章家琦望着空中，说道："姚雪儿，告诉我，如何才可以驯服你，你这样，这样一匹桀骜不驯的——烈马？如何才能俘获你的心？"

# 第四十章　青春资本家

> 章家琦：你现在是我的大 Boss，我不甘心，我也要做 Boss！

学生会内，邹凯旋、曾馨带着同学布置学生会的新年联欢会会场。

"哎，邹主席！章主席还来不来？也不能这么狠心，学生会主席不干了，就连面都不见了！"一名学生会成员满腹抱怨道。

闻言，邹凯旋微微一笑，说道："他忙得很，好像老在校外跑！对不对？曾馨。"说到最后，邹凯旋还不忘看了眼不远处的曾馨。

曾馨一边挂彩带，一边绽放着花一般的笑容，说道：

"我也好久没看见他了！他好像在忙什么神秘的事情！我们班好多人最近也都神神秘秘的。"

操场上，姚雪儿走在前面，一边走一边打电话。

章家琦气喘吁吁地从后面跑过来，上气不接下气地叫道："哎，姚雪儿。"

姚雪儿回头看了眼章家琦，疑惑道："干什么？"说完，姚雪儿继续对手机说道："爸爸，我不跟你说了，晚上我再打给你。"

章家琦疑惑地看着姚雪儿。

章家琦忽然问道："姚雪儿，你为什么总在跟你父亲打电话？"

姚雪儿看着章家琦。

"看我干什么？"章家琦一头雾水。

姚雪儿语气平淡地说道："不干嘛，你是第一个问我这个问题的人。"

"为什么？可以说吗？"章家琦不解。

"嘿，"姚雪儿笑了笑，揶揄道："你还是在我们的创业联盟上多上心吧。"

新年晚会，也是姚雪儿、章家琦他们的大学创业孵化联盟庆功会和联欢会。张美姣把张美强也带来了，小学生进入大学生的世界，张美强感觉进入了一个神圣的殿堂一般。

徐兰兰见邵杰一直忙个没完，不由地说道："邵杰，晚会都开始了，你歇一会吧！"

"不行，我忙死了！"邵杰却是头都没回，全神贯注地投入到自己的事情中。

见状，张美姣轻笑道："王乐比较懒，邵杰一个人网页设计、前端、后端、IOS、APP全负责，他最近两个月每天睡4小时？邵杰？有吗？"

邵杰咧了咧嘴，不好意思地笑了笑，说道："有两天没睡了——我申请了休学一年，现在学校支持休学创业的！我不是姚雪儿那种天才，我不休学就全挂科了！"

闻言，张美姣有些自豪地说道："看吧，兰兰你是得来感受一下真正的大学校园了吧，我们现在感觉是在上真正的大学！什么叫大学？兰兰，大学就是——"张美姣兴奋又夸张地用胳膊在天空划拉，"大学就是特别大，自由，无限可能，你想干什么就干什么！兰兰你也加入我们的创业吧，你再这样傻学下去，就知道读书考试读书考试，你人生就废了，我跟你说！"

张美姣一副感慨万千的样子，"唉，我们穷人家的孩子，好可怜啊！要不雪儿说'李泽楷和王思聪，他们这些富二代在娘肚子里胎教的时候，听到的就跟我们完全不一样'。我们不要浅薄地以为——人家富二代和我们就只差钱了！"

徐兰兰眨巴眨巴了眼睛，看着张美姣说道："哦，张美姣，你现在说话的语气，好像姚雪儿！"

对此，张美姣丝毫不感到排斥，大大方方地说道："是么？这有什么不好吗？难道你不觉得其实雪儿说的话挺有道理的？"

"呃——"徐兰兰有些错愕地看着张美姣，感慨道："相比你们真正的大学，我更感兴趣的是，到底是什么原因让你突然对姚雪儿产生如此巨大的转变。"

"嘿嘿，人家现在可是我的衣食父母哦。"张美姣轻笑，毫不避讳地说道，"我们现在，都跟着姚雪儿干了！姚雪儿，她现在真的是资本家了，大资本家。嘿，为什么我还挺高兴自己被剥削？因为不被雪儿这资本家'剥削'的时候，我一个月只能吃咸菜！"


搏击俱乐部，姚雪儿创业团队第一个天使投资签约仪式。

搏击俱乐部拼起了签约的桌子，拉起了横幅，点缀着新年联欢的彩带，一片喜气洋洋的气氛。

所有人聚集一起，苏禾、谭小月也来了，一直跟姚雪儿忙网店的那几个大三、大四男生也来了，每个人脸上都闪耀着兴奋的神情。

校领导、老师、天使投资人也都一一出席，坐在主席台上的还有高琳琳。

姚雪儿走上讲台，拍了拍讲台前的麦克风，脸上洋溢着灿烂的微笑，说道："今天我要感谢很多人，感谢大家聚到一起，感谢学校的支持，感谢学校与学生会把搏击俱乐部提供给我们做创业孵化基地，感谢学校支持我们休学创业，我正在申请下学期的休学，邵杰也是！"说话间，姚雪儿伸手指了指台下的邵杰。

顿时，台下喝彩声、鼓掌声响起，众人的目光都聚焦在台上的姚雪儿和台下的邵杰身上。

接着，姚雪儿继续说道："感谢我的团队，感谢大三、大四的学长对我的信任与支持，感谢张美姣同学不计前嫌来支持我，加入我们的团队！"

台下，张美姣有些不好意思地抱住了张美强，自己歪头抿嘴笑。

"感谢王乐、邵杰同学勇敢地选择丢下英雄联盟，加入到我们的风险创业！"

"哈哈哈。"台下顿时响起一阵哄笑声和鼓掌声。

"我要感谢——"姚雪儿侧身指着台上的高琳琳，"我的琳琳姐帮我写商业计划书，给我许多创业指导，帮我引荐投资人。"

苏禾和谭小月哗哗地鼓掌。

姚雪儿望着角落里的章家琦，嘴角上翘，微笑道："我尤其要感谢——章家琦同学，是他帮我们成功联系到今天来到这里的天使投资人王小平先生！还有，我尤其感谢他为了全心投入我们的大学创投孵化联盟，放弃了学生会主席的职务！"

所有人都为章家琦鼓掌！

掌声结束后，姚雪儿郑重地说道："所以，今天，我提议，我们在签约之后进行民主选举，选举章家琦同学做我们的创投会主席好不好？"

全场喝彩，不少同学都起身看向章家琦和姚雪儿，相比邵杰等人，本身就具有名人效应的章家琦无疑更引人注目。

姚雪儿继续说道："我们即将上线的网络健康互助公益平台——大树互助，主打产品'师生健康互助计划'，在开业之初，只要 1 元钱注册，就可以成为我们的会员，我们就成为一个完美的大家庭，背靠'大树'好乘凉——"姚雪儿看着张美姣，"如果有人生病，需要钱，这个大家庭的每个人伸出手来帮助你，你会得到最高 35 万元的互助款；如果你健康，你就在帮助别人，你就在做慈善，你在为所有人的健康快乐撑起一片绿……"

张美姣忍不住鼓掌。

姚雪儿望着张美姣，笑得格外甜美。

"美姣，谢谢你，再次感谢你，要不是你误以为自己得了绝症，问我借钱，我还想不到这个创业灵感！"

张美姣再次抱紧张美强，笑得好甜，笑得好开心，眼泪都快笑出来了！

姚雪儿："青春是我们宝贵的资本，可是我们多少人在闲置和浪费它，使得青春只是一张废纸；青春的资本有什么？它不仅仅是青春这段时光，它一定要包含我们的知识、才华、努力、奋进，还有我们强大的能量和我们拼搏的心！可是，如果这些宝贵的青春资本只是被消耗，而不是被经营、运作，青春就无法成为资本，而只能变成——耗材。"

大家热烈地为姚雪儿鼓掌，连张美强的一双小手也拍红了！

姚雪儿："我感到好幸运，我们的创业联盟设置在这个搏击俱乐部，对于我，搏击俱乐部象征着激情、奋斗，我们的不甘心，我们的不服气，我们的一腔热血——这是我们崭新的起点——互联网的乱世，乱世出英雄。亲爱的战友们，让我们努力，不要成为青春的废人，而要成为将青春这资本发扬光大的搏击手，成为'大树'，成为青春的资本家！我会永远记住，青春的第一资本，是热血！快乐积极地生活，永不放弃，永不服从命运的安排，就是对生命这个资本的最好运作！"

台下，所有人肃然起立，看着台上的姚雪儿，眼中绽放出炙热的光，热情地拍动着双掌。

签约仪式在一片群情激昂中顺利举行。

仪式结束，学校领导、投资人、老师全都离开，偌大的搏击俱乐部内只剩下这群红光满面的年轻人。

"哦！大人们都走了！"张美强的小脸涨得通红。

谭小月拥抱着姚雪儿，"雪儿你讲得太好了！我听着特别激动，都想辞职来跟你一起创业啦！"

高琳琳就站在一边笑，什么也不说。

姚雪儿也鬼鬼地笑，什么也不说。

谭小月看出来奇怪，"哎，你们两个表情怪怪的，干什么？"

苏禾笑着抱住谭小月，"你还不知道，琳琳已经加入姚雪儿的大树互助啦！"

谭小月万分惊奇，"啊？琳琳不是刚去一家新的投资公司吗？"

姚雪儿笑着拉过高琳琳来，"小月姐，来，我给你隆重介绍——高琳琳，我们大树互助网络健康互助公益平台的，'当当当当'，运营总监！"

王乐、邵杰、张美姣早开了香槟、啤酒，大家一起举杯。

新年钟声敲响。

所有人拥抱在一起。

姚雪儿拥抱了所有的人，只是碰巧，闪过了——章家琦。

"姐姐，姐姐，下雪了！"张美强喊着。

众人闻声看去，只见窗外雪花飘落，犹如给大地换上银装一般，美不胜收。

高琳琳一回头，"咦，雪儿呢？"

谭小月和大家也一起回头找。

苏禾谜一样地笑着，"你们猜就知道被谁带走了嘛！"

# 第四十一章  任性女人，带刺玫瑰

**章家琦：这一生，我只会送带刺的玫瑰给你。**

"走，我带你去见一个新的天使投资人！"

章家琦拉着姚雪儿的手一路跑到楼顶。不知什么时候，章家琦手中多了一枝玫瑰，玫瑰包在雪白的纸里面。

站在楼顶上，姚雪儿四处张望，偌大的顶楼上，除了自己与章家琦，空无一人。姚雪儿故作恼怒道："你不要骗我——哪里又来的投资人！"

章家琦面泛笑意，手从背后伸出来，微笑道："没有骗你。"

姚雪儿有些紧张地看着他手中的玫瑰，一脸防备地说道："干什么？"

章家琦微微一笑，柔声说道："第二位天使投资人给你的。"

姚雪儿有些生气，下意识地再次四下看了一眼，翻白眼道："不要骗人！"

章家琦嘴角微微上挑，将玫瑰花递给姚雪儿，面带笑意地说道："放心，我不会骗你的，虽然被你骗了那么久，被你骗得好苦。"

姚雪儿看着他手中的玫瑰，有些犹豫。

"怎么样？敢打开吗？"章家琦略带些挑衅地说道。

闻言，姚雪儿解开缠绕的丝带，哗一下，包玫瑰的纸差点落地，姚雪儿急忙伸手去抢！

"啊！"姚雪儿突然尖叫出声，下意识地看了眼手中的玫瑰。

那支玫瑰，是带刺的玫瑰！

瞟了眼被扎破的手指，姚雪儿怒视着章家琦，笃定道："你是故意的！"

章家琦迎上姚雪儿愤怒的目光，直接点头应道："是的！"

姚雪儿眼中冒出怒火，作势就要发飙！

章家琦看着姚雪儿，凝视她的眼睛，柔声说道："这一生，我只会送带刺的玫瑰给你。"

姚雪儿顿时一怔，愣愣地看着章家琦，怒火顷刻间消退。

"你知道的，贾宝玉送用过的手绢给林黛玉，却故意不送她新的手绢，他是故意的。"章家琦幽幽地说道。

姚雪儿望着他眼睛，怔住。

章家琦俯身捡起散落雪地的那几张纸，递向姚雪儿，继续道："这个，是第二位天使投资人的合同，他要成为除创始人之外的第二大股东，你看看吧，看好我们签字。"

姚雪儿狐疑看着他，接过合同看了眼，顿时眉头一皱，凝视着章家琦道："是你？！你这钱，哪儿来的？"

章家琦嘴角一撇，轻笑了笑，却不管姚雪儿，自顾自地扭头要走："别管了，英雄莫问出处，资金也是。安全就好。我看好你们的项目，再说，你现在是我的大 Boss，我不甘心，我也要做 Boss！"

姚雪儿看着章家琦转身离去的背影，一时间有些矛盾，聪慧如她，怎么可能不知道这是章家琦在用他的方法帮助自己！

该收下，还是继续？

背对着姚雪儿，章家琦自然清楚姚雪儿不会轻易接受帮助，在离开的同时，还不忘继续刺激着姚雪儿，说道："现在，该你这个创始人做决断了，考验你的时候到了，你是真正的资本家吗？资本家不会随意拒绝任何善意尤其是有用的资本，他不会执拗于资本的来源，他只关心资本的运作。"

然而，超级富二代章家琦想不到，其他人也都想不到，接下来的几日，刚刚拿到千万投资的网络健康互助公益平台大树互助第一创始人、"资本家"姚雪儿几乎进入了闭关的状态，她全力码字，准备收尾自己的网络小说——《百万少年俱乐部》。

姚雪儿的手停在键盘上空，眉头深锁着，喃喃自语道："故事也快该有个结尾了，可是，原来规划中的那个结尾，是不是该改一改了？"

姚雪儿翻到另一个页面，那是她的另一篇网络小说：《大学校园的穷孩子，富孩子》

姚雪儿迟疑地敲击键盘，屏幕上慢慢地闪动新的字样——

青春，青春……

资本，资本……

阳台上，姚雪儿端着茶杯沐浴着阳光，向一旁的苏禾问道："苏禾姐，在你的认知中，什么是青春，什么是资本？"

"小丫头！"苏禾拿手刮姚雪儿的鼻子，"那天你讲得还不够清楚吗？为什么执迷于这个问题？"

苏禾今天笑得格外灿烂。

苏禾背靠着阳台栏杆，"青春么？我觉得人只要心中有梦想并且敢于去实践，就是青春。至于资本，任何自己所拥有，所能发挥出的一切都属于资本，包括家世、财力、相貌、智商、抱负、青春，也包括梦想，你觉得呢？"苏禾淡淡地说道，言语间轻柔并坚毅。

"你的梦想快实现了吗？"姚雪儿答非所问。

苏禾笑而不语。

忽然，姚雪儿扭头，看着苏禾，忽然明白——手指着苏禾——

"哦，真的？苏禾姐。"姚雪儿笑得灿烂，"快，快，有好消息快告诉我！"

苏禾甜甜地笑了。

"快了，过完年吧，明后天回去陪父母过年，年后就出发了，我的圆梦之旅。"苏禾笑着，笑得很开心，很灿烂。

"真不错！"姚雪儿眼望远方，感慨兴奋。

"这么快？"想到苏禾要走，姚雪儿又有些失落，"青春的苦难，要说过去也很快就过去。"

姚雪儿望着苏禾的眼睛，"苏禾姐，希望有机会在你自己的舞台上听真正的你唱你自己的歌。"

苏禾转过头看着姚雪儿，嘴角一弯，笑道："会听到的，一定会听到的！等到将来有一日我登上一个万人台，真正为歌唱而唱的那一天，你坐在最前排，不仅要听我唱歌，还要做我的嘉宾。"

"我做嘉宾？那不都是明星们干的活么？"姚雪儿嘴角上挑，微笑道。

"有什么不可以呢？而且你可是要成为崛起于互联网乱世中的女枭雄呢，到时不仅要给我做嘉宾，兴许还要为我赞助呢。"苏禾笑嘻嘻地说道。兴许是愿望达成，苏禾笑得格外开心。

"嗯。"姚雪儿点了点头，认真地说道："待你学成归来时，如果我还未破产，我一定赞助你一场万人演唱会！"


两日后，咖啡厅内，姚雪儿与朱玉宁相对而坐，在两人中间的桌上放着一台笔记本电脑，电脑正处于开启的状态，屏幕上是网络小说的页面——《百万少年俱乐部》《大学校园的穷孩子，富孩子》。

打开新的页面，一个崭新的标题——

《青春资本论》。

页面浏览——鼠标移动——修长的手指滑动着。

朱玉宁坐在姚雪儿对面，凝神读着网页上的文章，点了点头说道："改的书名很好——我一个外行，觉得很好。”

姚雪儿举起手中三本书说道：“他们感兴趣的是哪一本？《封神》之'精卫'？《封神》之'三宵娘娘'？《封神》之'比干'？老实说，我不抱希望，诚然，我很感谢你的引荐，但是我很理想主义，与其写穿越故事，不如做愤青发牢骚。”

“没事。”朱玉宁端起咖啡，饮了一口，淡淡地说道：“这家传媒公司董事长是我很好的朋友，谈一谈再说，多少顶级大 IP，像《盗墓笔记》，《三体》，也都是做了很大的改动——这个我不专业，一会我朋友到了，你们谈，别太悲观，你也知道，最近两年，资本买版权很疯狂。”

姚雪儿点点头，手中抱着三本书，有些走神。

朱玉宁看姚雪儿半天，轻咳了声，说道：“还有，有件事我得跟你说。”

“啊？”姚雪儿回过神来，一脸茫然的样子。

“就是，我们温董，他对你还是念念不忘。”朱玉宁望着姚雪儿一双眼睛。

姚雪儿微微一愣，随即嘴角微微上挑，笑了笑，应道：“噢。”

见状，朱玉宁继续说道：“雪儿，你要相信——这世界上有好多人，有一天，他们看见一个人，然后无缘无故的，他们就喜欢上了，特别地喜欢，不计较得失——你相信这样的喜欢超越了本该有的，比较惯常的、理智的交换交易吗？"

姚雪儿笑笑，点点头，若有所思。

"温董前几天又给我打电话了，他说，只要你愿意做他的——干女儿，绝对只是纯洁的义父、义女的关系，他就立刻把上次的会所送给你，只要你喜欢。"说完，朱玉宁耸了耸肩间，意思很明显，接下来让姚雪儿自己决定，他不给予任何意见。

姚雪儿半垂眼睑嫣然一笑，意味深长地说道："温董真好。"

朱玉宁望着坐在对面的姚雪儿的脸，半天，出了神。

"朱总！这位是……"就在这时，朱玉宁朋友匆匆赶到。

朱玉宁还没来得及介绍，他的朋友就已经落座，打量一下对面娇小的、看起来有点年轻的姚雪儿，伸出手来，问道："你就是那位少女作家？"

姚雪儿微笑着点头示意，礼貌性地伸手与来人握了下手。

朱玉宁的朋友先是扭头看了眼朱玉宁，又扭头看着姚雪儿，说道："你们知道，今天的中国，资本之所以这么热，这么着急，背后一定是有原因的！所以，咱们今天，先来谈一谈网络大电影吧。"

姚雪儿、邵杰申请的休学创业下学期才开始，这学期的许多考试还是要先顺利考完，可是，考完最后一场，就在所有人都等待着姚雪儿领导大家对大树互助公益平台进行全力推广的时候，姚雪儿没有知会任何人，就径直回到出租屋，拖着行李箱打车离开了。

搏击俱乐部和创业孵化联盟里，众人面面相觑。姚雪儿的突然离开，让他们没有一点准备，没人知道发生了什么，更没人知道姚雪儿去了哪里。

"怎么会联系不上？"邵杰一脸焦急地问道。

张美姣也是一脸愁容，一时间六神无主："是的，我一大早就去敲门了，房间里根本没人！"

章家琦几乎每隔十分钟就给姚雪儿打一个电话，可姚雪儿的电话一直处于关机的状态。

忽然，张美姣听到手机传来一声震动声，张美姣掏出手机一看，顿时犹如打了鸡血一般，叫道："嗨嗨，雪儿发微信了，看群！"

众人打开手机，面面相觑，"雪儿跑到成都去了！她去成都干什么？"

"又来了，又来了！"张美姣读着姚雪儿发出来的微信："大家各忙各的，抓紧干活，都不要联系我了！寒假过完我就回来了！放心，等我回去，你们就知道我出来干什么了。"

"砰！"一声闷响，大家回头，齐刷刷地看着推门进来的章家琦。

　　"什么叫各忙各的，什么叫不要联系你了！你这个笨女人，就算要任性也要有个度吧！"章家琦一把拿过张美姣的手机，按下语音键吼道。

## 第四十二章　欢乐的爱与悲凄的爱

**姚雪儿：我们这些穷孩子却发现——除了虚无的青春，我们什么资本都没有！**

男生宿舍，顶楼。章家琦孤独地坐在楼顶上，坐在姚雪儿劝说邵杰那天坐过的矮墙上。

姚雪儿的脸不停在他眼前浮现，章家琦有些茫然："你到底还有什么是不想让我知道的？到底还要逃到什么时候？"

雪花不断地飘落，拍打着章家琦的脸庞。章家琦笑了，在四下无人的楼顶上，一个人傻傻地笑了。

许久后，章家琦掏出手机，对着手机上显示妈妈的号码拨了过去，语气平淡地说道："妈，把我的机票退掉吧，我不跟你们出去了，我寒假有事。"

手机中传来章家琦母亲疑惑的声音："为什么？你寒假有什么事？你不去我们怎么办？"

"我，要去成都。"说完，章家琦挂断了电话。

西客站，章家琦拖着行李箱，他抬头，仰望着西客站的大楼。

一个月后，依然严寒料峭。北京的清晨格外寒冷，姚雪儿拖着行李箱从火车站走出，她驻足，回头，仰望着西客站的大楼。

初春仍似隆冬，早晨的太阳已经升起，一丝微风吹来，寒意反而加剧，姚雪儿拖着行李箱走在中关村林立的办公楼群中。

迎面，几个晨练的长者从暗淡的雾霾中奔跑而来。

姚雪儿停下脚步，看着他们奔跑的身影，不知为什么，一向冷傲如妖孽的姚雪儿，忽然忍不住流下两行泪——

她来得太早了，还没有到上班时间，姚雪儿站在爱奇艺大楼前等待。

一个小时后，姚雪儿走进爱奇艺，问道："请问，我想谈网络大电影合作，找哪一位？"

太阳升起，被一层雾霾遮蔽。姚雪儿从爱奇艺大楼出来，脸上挂着激动并灿烂的笑容。

三年了，从来都没这么开心过……

姚雪儿兴奋地拿出手机，熟练地拨出一个号码，激动地说道："爸爸，爸爸对不起！我这个春节没回来跟你们一起过，但是，我现在要告诉你一个好消息，你要——妈妈？怎么是你？爸爸呢？爸爸呢？我爸爸呢？"

刹那间，姚雪儿面无血色，恍若丢了魂魄一般。

章家琦在搏击俱乐部角落里的沙袋前奋力挥拳，他知道，姚雪儿从成都回来了。

他面无表情，一记记重拳挥向沙袋，谁也看不出他心里在想什么。

也没有人顾得上看他一眼，运营总监高琳琳带着张美姣、邵杰、王乐他们一群人在忙碌，一个月的寒假，他们都没有回家，大树互助平台的业务已经轰轰烈烈开展起来了。

"家琦你的手机！"高琳琳喊。

章家琦"哦"一声，走过去看，拿起手机，看到电话号码，却愣住了。

章家琦把手机举起。

手机听筒里，传来那个他无比思念的声音——

“章家琦你在哪里？”那头传来姚雪儿虚弱、含糊不清的声音。

“你怎么了？”章家琦瞬间皱起了眉头！

“你能不能来找我？”

姚雪儿虚弱的声音在说。


一路快跑，章家琦几乎是以百米冲刺的速度冲出校园，冲进姚雪儿的出租屋。

看着姚雪儿蹲坐在地面上，章家琦一脸疑惑，小心翼翼地说：“你怎么了？”

姚雪儿摆了摆手，无所谓地说：“我没事——你走吧！”

章家琦站着不动，胸口却是剧烈起伏着。突然，他大步走进屋子，走到姚雪儿跟前，一把扯住姚雪儿肩膀，恶狠狠把她拽了起来，抱住她肩膀，死劲地钳住她。

姚雪儿死命挣扎，像一头小野兽般尖叫着，她拼命抽出一只手，对着章家琦的脸不住地拍打。

章家琦伸手握住了她的拳头，凑近来要吻她的脸。

姚雪儿猛一口，咬住了他的下巴。

章家琦痛得松开了手！

姚雪儿一下跳开，眼神如一头受伤的幼狼般瞪着章家琦，对他吼道：“滚！”

章家琦摸着下巴，走到墙边镜子前，看着下巴的齿痕，猛地回头，怒视着姚雪儿。

"对！我就是不喜欢你！"姚雪儿冷笑道。但是任谁都看得出，此时，姚雪儿的冷笑里，更多的是一股凄惨。

章家琦愣愣地看着她。

姚雪儿继续道："我不喜欢你，也不喜欢曾馨！我跟你们天生就是敌人！别以为你们低调、不炫富，大家就会喜欢！才不是！炫富、高调的有钱人让人讨厌！可是你们这样刻意低调、刻意隐藏的有钱人、富二代、官二代，我更讨厌！"

姚雪儿的眼神火辣辣地盯着章家琦，嘴角微微上挑，充满了挑衅——她就是要激怒章家琦！

"你给我介绍的那家高尔夫俱乐部，就是你家的，对吗？你明明不喜欢我，瞧不上我这种'为求上位没有底线'的女孩，但是你很得意于自己的施舍，感觉很爽、很过瘾、可以满足你变态的优越感对不对？！"

说话的同时，姚雪儿慢慢地向章家琦靠近，慢慢地走近章家琦，慢慢地将脸贴近，眉毛高高地挑起，一脸孤傲地说道："怎么，以你的智商，你不觉得我其实也在故意勾引你吗？你以为凭施舍穷人家孩子可以建筑起你那点可怜的自尊。我呢，却偏要勾搭勾搭你——你我不是来自对立的不同阶级吗？可是就因为我是你的敌人，所以我偏勾搭一下你章家琦，看你能不能成为我的猎物！你们富二代有狂妄的资本，我们普通人有普通人的骄傲！"

见章家琦一直注视着自己，姚雪儿开始慢慢后退，语气更加怪异："怎么了，我去富豪相亲俱乐部了，那又怎样？你知道什么叫作生命的效率？你知道马佳佳吗？你知道邓文迪吧？你不会只知道奶茶妹妹吧？你总知道芙蓉姐姐与罗玉凤吧？穷人家孩子要逆袭，想逃脱平庸，除了冒被人耻笑的风险，有任何其他的机会吗？！我姚雪儿，不过是一个要逆袭的草根而已。抱歉，让你们不舒服了，冒犯了你们富二代的道德标准了！"

说着说着，姚雪儿泪光闪动，可这一次她做不到以往的坚强，只能任由眼泪从眼眶内流出来，笑着说道："我去富豪相亲俱乐部，我想要找一个真正的男朋友——怎么，因为有钱，他就不能做我真正的男朋友了？！"说到这时，姚雪儿直视着章家琦，眼中满是不甘和愤怒。

"还有，我是为了为我的小说收集素材！你懂得我们穷人孩子的贫乏吗？就连写一本小说都无从下笔，因为需要不停地描述我们不能触碰到的那个虚荣的世界！这就是我们先天的资本缺失！我做直播——你知道吗，我还买过粉，那是个很乱的场子，怎么了？那我也得冲进去玩一阵子！你知道张美姣勤工俭学赚学费，你知道我要靠网络小说和开网店赚学费！可是我开的网店没人关注！我写的网络小说——我中学的小说没有人读！好，为了生存，我要营销网店，我要写你们看得懂的小说——我要跟风，写尽关于金钱、繁华、乱象，我同时写两本——《大学的穷孩子，富孩子》和《百万少年俱乐部》，你知道愚蠢的网民们会冲着什么字眼点进去看？一个'富'字！一个'百万'！他们都是屌丝，可是他们艳羡财富！怎么了？要不是这样，我的网络小说也没有人看！好多都是我直播引流过去的——互联网的乱世，乱世造英雄，可是，英雄也许太多了，不要以为造出了几个英雄，英雄就全能出头！"姚雪儿近乎歇斯底里般在吼着，"还有，我是在直播间脱了，我网店卖泳衣！我需要自己做模特！"

见姚雪儿稍有平静，章家琦走到姚雪儿跟前，想要说些什么，最后却只无奈地拍着她的肩膀，想要给她无声的鼓励。

姚雪儿再次爆发，一把打开章家琦的手，继续道："资本的原始积累，都是血淋淋的，你们富二代，手上的鲜血还没擦干净，有资格来说我吗？！你们觉得我们应该守本分？安贫乐道？臭狗屁！你看见张美姣自己一面养家一面供自己和弟弟上学有多辛苦吗？你知道她问我借高利贷有多卑微吗？你知道邵杰为什么自杀吗？你以为他真的只是抑郁，然后到楼顶上散散心就下来吃饭睡觉打游戏，就 OK 了？你知道为什么大学那么多孩子打游戏不学习吗？因为他们没有未来，看不到未来，因为大家都告诉他们有辉煌的未来，前程似锦，可是他们自己看不到，他们在他们的亲友、学长身上也看不到！他们只看到那些人大学毕业找一份将就的工作，然后步入更苦难的人生，赚着勉强养家的钱，过着凄惨低下的人生，破灭了曾经的许多梦想——高考之前，他们还有学习成绩可以炫耀，可以自豪，可以作为自我安慰的资本；上了大学，他们忽然发现，没有梦想，没有未来，没有突破人生局限的可能；当你们这些官二代、富二代踌躇满志，设计满世界的行程，整个宇宙都任由你们纵横、整个青春都装不下你们的任性时，我们这些穷孩子却发现——一旦迈进大学的门槛，我们原来假定的那个美好未来、高考前自我麻醉说一定会实现的梦想世界，其实根本是不存在的，除了虚无的青春，我们什么资本都没有！"

　　姚雪儿看着章家琦，嘴角再次上扬，露出招牌般的微笑，继续道："所以，我，只不过是一个更早发现这个真相的人，只不过是一个屌丝要逆袭，你们富二代犯得着这么紧张吗？！"

　　章家琦一直没说话，无比平静地看着疯了一般的姚雪儿，他在等，在等姚雪儿说完，在等姚雪儿全部发泄，在等眼前这女人癫狂过后将要展现的脆弱的那一面！

　　章家琦慢步向前，目光直视着姚雪儿，说道："怎么

了？那么牛气冲天的姚雪儿，在整个世界前都巍然屹立，只有面对我章家琦的时候，忽然自卑了，想起了自己的身份——你感觉身份卑微吗？"他凑近到姚雪儿身前，"可是，你为什么这么恐惧？你是怕真的爱上我吗？怕吗？你小小的脑袋，哪里来的那么多阶级？那么多仇恨？你青春的资本是热血，热血是什么？可以是仇恨，更可以是爱情！傻瓜！"

说话间，章家琦的脸缓缓向姚雪儿凑近，似乎要吻她……

然而，章家琦却是伸手捋了捋姚雪儿有些凌乱的发丝，心疼地说道："说了这么多，告诉我，你为什么哭？为什么要我来？"

短暂的沉默……

"哇"的一声，姚雪儿忽然放声大哭，歇斯底里地喊道："我爸爸——"

章家琦眼眶有些泛红，他知道是什么样的打击才能让眼前这个牛气冲天、坚强、高傲如女王一般的女生这般失态！

他牢牢地将姚雪儿抱在怀里，柔声道："怎么了？你慢慢说。"

姚雪儿泣不成声，像是虚脱了一般，任由章家琦将自己抱在怀里，呢喃着说道："你知道我为什么这么拼命吗？全因为我的爸爸，从我出生，我爸爸就开始跟我说，女儿，你一定不平凡，要有出息……从小，我就感觉，爸爸是我的全部……高一的时候，我就在历史课上说，我不喜欢和平时代，因为只有乱世才出英雄……这是互联网的乱世，乱世出英雄啊！所以，我就说，我一定努力，我要做出让爸爸骄傲的事情……我早就预料到，父亲会来不及看到我的成功，所以我一开始就铆足了力气……你知道吗？小时候，我爸爸带我去看电影，因为他要让我看到有一个很大、很远、有很多可能的世界——我发过誓，等将来，我有了钱，我一定为我的爸爸拍一部属于他的电影。"

"你，你不是……"章家琦很想说姚雪儿已经做得很好，已经做得很成功。事实上，姚雪儿也比太多同龄人成功太多！

姚雪儿再次泪流满面，嘶吼着："我寒假失踪，我是去成都找我两个同学，我把我的两本网络小说，合并成一个故事。我两天没睡，写完剧本，我同学帮我组了一个团队，我们拍出了自己的电影——"

章家琦抱着姚雪儿，柔声道："我知道。"

"不！"姚雪儿惊诧地抬头看着章家琦，摇头道："你不知道，你什么都不知道——我爸爸……"

章家琦一脸茫然地看着她。

"我爸爸——我高二的时候，他就查出来骨癌，今天，我准备打电话给他报喜，告诉他我的电影——我自己写的，拍的，自己还演了一个角色，一月之后就要在爱奇艺播了，可是，不是我爸爸接的电话，是我妈妈接的，我妈妈说，我爸爸，已经住进医院了！他的病……复发了！"

说到这儿，姚雪儿哀号道："来不及——怎么都是来不及！我以前不知道还可以做几十万拍的网络大电影，我自己就可以做自己的出品人，我自己就可以拍！现在，不管我怎么努力，怎么拼，都还是来不及！我爸爸已经进了重症监护室，我害怕，他看不见我自己拍的电影了！"

姚雪儿再次号啕痛哭。

三个月后，搏击俱乐部，俱乐部的墙壁上，一幅偌大的投影。在投影的前方，高琳琳、曾馨、张美姣、邵杰、王乐、邹凯旋等人安静地坐着，屏息注视着屏幕。

一个男生，小心翼翼地推开门，惊讶地看着大家，"喂，问问你们，你们那个头儿，姚雪儿，她是去美国了还是——我听说她休学，带父亲去美国治病了？"

没有人说话。

所有人都转回头，望着屏幕——

屏幕上，影片已进入尾声，一个身穿白色连衣长裙，脚踩电动平衡车的女生，穿行在一条绿荫葱葱的小道上，回过头，嘴角微微挑起，露出她自信的笑容，说道："我的青春，就是我最大的资本，而资本的原始积累——是血淋淋的！"